最後の証人

柚月裕子

角川文庫
20994

目次

プロローグ

緑色のワインボトルが、床に落ちた。

半分ほど残っていた中身が、瓶の口から波打って溢《あふ》れ出す。毛足の長いグレーの絨毯《じゅうたん》に、赤い染みが広がる。

床にはワインボトルのほかに、肉片や野菜が散らばっていた。少し前に運ばれたディナーの、ステーキやサラダだった食材だ。

倒れたディナーワゴンを挟んで、男と女が向かい合っていた。シャワーを浴びた後なのだろう。ふたりとも、バスローブを羽織っている。

女の手にはディナーナイフが握られている。室内の照明を反射して、鈍く銀色に光っている。ナイフの切っ先は、男に向けられていた。

「待て、落ち着いて話そう。まず、そのナイフを置くんだ」

押しとどめるように、男は両手を前に差し出す。

女は何も答えない。男を凝視しながら足を踏み出す。赤いペディキュアを塗った爪が、ワインを吸った絨毯で濡《ぬ》れた。女は男との間合いをじりじりと詰める。

男は女が近づいた分だけ身を引いた。やめろ、というように首を横に振る。

女は、もう若くはない。目じりの皺《しわ》は深く、はだけたバスローブから覗《のぞ》く乳房は、張りを失っている。身体の線もかなり細い。華奢《きゃしゃ》を通り越し、病的にさえ見える。

しかし、全身から滲《にじ》み出るような光を放っていた。

僅《わず》かなためらいもない眼差《まなざ》しには、相手を圧倒する力があった。固く結ばれた唇からは、誰にも差配されない強い意志が窺《うかが》える。

男は女の迫力に圧《お》され、瞬《まばた》きすら忘れている。

後ずさる男の背が壁についた。

男の手が、背後をまさぐる。

後がない。

待っていたかのように、女がナイフの柄を強く握った。

「許さない」

男の顔から、血の気が引いていく。

何か言うために、男が口を開きかけたとき、凶器が男に向かって突き出された。

男は短い声をあげて、あやうく身体を反転させた。

ナイフは、男のわき腹をかすめて空を切った。

女は体勢を崩し、前につんのめった。

「馬鹿な真似はやめろ」

男が叫ぶ。

壁に向かってうなだれていた女は、ゆらりと身を起こすと男を振り返った。

顔に、悠然とした笑みが浮かぶ。

女はつぶやいた。

「あの子の復讐《ふくしゅう》よ」

公判初日

1

先生。

誰かが呼んでいる。

先生、起きてください。

声は水の中で聞いているように、くぐもっている。

もう少し寝かせてくれ。そう言いかけたとき、額に氷を置かれたような冷たさを感じた。

「おいおい、なんだよ」

心地よくまどろんでいた佐方貞人《さかたさだと》は、ソファから飛び起きた。寝ぼけ眼を手で擦《こす》り、瞼《まぶた》を開ける。視線を上げると、その先に小坂千尋《こさかちひろ》がいた。腕を組み、佐方を斜《はす》に見下ろしている。

「先生、開廷一時間前です。そろそろ起きてはいかがですか」

壁にかかっている時計を見る。まもなく九時になろうとしている。三十分のつもりが、一時間ほど寝ていたようだ。

小坂は佐方に向かって、小瓶を差し出した。佐方がいつも愛飲している、液体胃腸薬だ。

受け取り、一気に飲み干す。よく冷えている。どうやらこれを、額に当てられたらしい。

瓶を口から離し、大きく息を吐いた。酒臭い。昨夜は飲みすぎた。

小坂は冷ややかに佐方を見た。

「今度の裁判は特別なんじゃないんですか。絶対に勝つって、おっしゃっていたでしょう。お酒を飲むのはかまいませんけれど、次の日に残るまで深酒するのはいかがなものかと思いますが」

頭がぼんやりしていて怒られているのか、質問されているのかわからない。

空瓶を額に当てて、もう一度ソファに横たわろうとした。その目の前に、いきなり書類の束が飛び込んできた。

「もう一度、目を通しておいたほうがよろしいんじゃないですか」

今日の裁判で裁判所に提出する証拠書類だ。今さら見るまでもない。今回の事件の詳細は、すべて頭の中に入っている。それだけ調べあげた事件だった。

佐方は小坂に向かって、犬を追い払うような手つきをした。

「必要な情報はすべて頭に入っている。必要ない」

小坂は引かない。

「念には念を入れ、です。どうぞお読みください」

書類が、どん、と音を立てて、目の前のテーブルに置かれた。小坂のしつこさにため息が出る。

小坂は佐方の弁護士事務所に勤めている事務員だ。

一年前、勤めていた事務員が辞めることになり募集をかけた。数人の応募者があり、その中に小坂がいた。

面接で、なぜうちを志望したのか、と尋ねると小坂は、将来、弁護士を目指していて、今は法科大学院の夜間に通っている。学費を稼ぐために仕事を探している。弁護士になる勉強のためにも、ぜひこちらで働きたい、と答えた。

過去に同じような理由を、数人から聞いていた。取り立てて印象に残ることもなく、面接を終えようとした。しかし、最後の質問への返事を聞いて、小坂の採用を決めた。

書類を手早くたたみながら、なぜ弁護士になりたいのか、と尋ねると小坂は、結果ではなく理由が知りたいからです、と答えた。判決ではなく、事件の本質に向ける目を佐方は買った。

佐方が見込んだとおり、小坂は優秀な事務員になった。裁判に必要な書類を揃える手際や段取りがよく、仕事の効率がいい。見た目も悪くなく礼儀も心得ているので、依頼人の受けもいい。しかも、ひとり身で身の回りのことになかなか手が回らない佐方のために、シャンプーや歯磨き粉など、日用品の買出しまでしてくれる。表には出さないが、小坂の熱心な働きぶりには感心していた。

しかし、その熱意が時に、裏目に出ることがあった。今回がそうだ。

小坂は佐方が仕事をしやすいように、万全の態勢を整える。裁判官に提出する書類に手抜かりはないか、新幹線の切符や宿泊先の手配に間違いはないか、細かいところにまで気を配る。

そこまではいい。だが、それが裁判前日の行動への口出しや、あれをしろこれをしろ、という指示に及ぶと閉口してしまう。

気が利くといえば、そうかもしれない。

だが、今日のように二日酔いで頭が重い日は勘弁してほしいと思う。自分には自分のやり方がある。そこに、口出しはされたくなかった。

佐方は小坂を無視して、ソファに寝ころんだ。

小坂の目が鋭くなる。

「東京《とうきょう》でいくらでも仕事があるのに、それを断ってわざわざこんな遠くまで来たんです。何がなんでも勝っていただかないと、割に合いません」

佐方はいま、米崎《よねさき》地裁にいた。米崎市は都内から新幹線で北に二時間ほどのところにある地方都市だ。

佐方の法律事務所は中野《なかの》にある。依頼の大半は都内からだが、時折、地方からもある。

遠方の依頼人は、弁護士の交通費や宿泊費まで支払える、金銭的に余裕のある立場の人間が多かった。

今回の依頼人も、一般的にみて裕福な人間だった。そこまでは同じだった。違っていたのは、依頼人が無実を訴えていたことである。大概の事件は、起訴された時点で被告人に勝ち目はない。量刑が軽くなるか、執行猶予を勝ち取れるか、せいぜいそんなところだ。テレビドラマで観るような冤罪《えんざい》が持ち込まれるようなことはまずない。だが依頼人は、真実を暴いてほしい、と訴えた。

依頼内容は殺人事件の弁護だった。

事件の資料を調べてみると、状況証拠はすべて、依頼人には不利なものだった。

事件現場は米崎市内にある高層ホテルの一室。殺害の動機は交際関係のもつれとみられ、凶器はルームサービスで配膳《はいぜん》されたディナーナイフ。

被害者は胸を刺されて死亡した。死因は心臓損傷による失血死で、ほぼ即死だった。遺体は床に横たわった状態で発見され、凶器は胸に刺さったままだった。ナイフからは依頼人と被害者、そして、ホテル関係者のものと思われる指紋と掌紋が検出されている。被害者のものは、胸に刺さったナイフを反射的に引き抜こうとしてついたもの。残る指紋は、誰のものか判別が出来ないほどわずかに残っていたものだが、聞き込みや取り調べにより、ディナーを準備したホテル関係者のものであるとの見解を検察は示している。

被害者の左腕には抵抗した際につく防御創があり、爪からは依頼人の皮膚の一部が検出された。両者が揉《も》み合った際に削り取られたものと思われる。

死体発見時の着衣は、ホテル備え付けのバスローブ。現場には被害者が着ていたものと、もう一枚が脱ぎ捨てられていた。これには血液が付着しており、鑑定の結果、被害者のものと確認された。また、内側からはほかに、依頼人の汗と思われる体液も検出されている。

以上のことから検察は、不倫関係にあった被害者と依頼人はシャワーを浴びた後、交際をめぐり口論となり、依頼人は側にあったディナーナイフで被害者を刺殺。犯行発覚を恐れた依頼人は私服に着替えて現場から立ち去った、と推察している。

確かに筋は通っている。検察をはじめ、世間もマスコミも依頼人が犯人だと確信している。しかし、佐方は依頼を引き受けた。今回の事件は、多くの人間が考えているような単純なものではない、と睨《にら》んだ。

佐方が依頼を受ける基準は、報酬の多寡でもなければ、勝算のあるなしでもない。ひと言で言ってしまえば、事件が面白いか否かだ。面白い事件とは何か。検察の読みどおりの単純な犯罪ではなく、ひと皮めくると別の顔を覗《のぞ》かせる案件だ。たとえば、検察調書に書かれている動機の背後に、他人に言えない複雑な感情が隠されているような事件である。被告人に不利にならない限り、真実を追究する。それが佐方の方針だった。

報酬に重きを置かない佐方の事務所経営は、決して余裕があるものではなかった。実際かつかつである。事務員もひとり雇うのがやっとだ。

経理を預かる小坂は、なぜ、もっと報酬が高い事件を引き受けないのか、と聞く。財布が潤えば、事務員を増やせる。若い弁護士も雇える。事務所が大きくなれば、もっと多くの仕事が請け負える、と言うのだ。

しかし、佐方は小坂の言葉を聞き流す。

いくら金を積まれても、事実を捻《ね》じ曲げてまで自分に有利な判決を望む依頼人の弁護は体よく断る。逆に、充分な調べもされないまま、不当な裁きを下されるかもしれない事件なら、金にならない国選弁護人であっても引き受ける。引き受けた依頼は、求刑に対する減刑や、交通事故慰謝料の増額、傷害事件の正当防衛の立証など、依頼人が満足する判決をほぼ勝ち取ってきた。

小坂は向かいのソファに、腰を下ろした。

「それに、今回の敵はかなり手ごわいという評判を聞いています」

小坂が言う敵というのは、検察官のことだ。

「甘く見てると、先生といえども足元をすくわれますよ」

小坂の言葉に、佐方は昨夜のことを思い出した。脳裏にひとりの男が浮かぶ。

米崎市は地酒が美味《うま》い土地だった。米どころで水もよく、いい酒蔵が多くある。駅に着くと佐方は、予約していた駅裏のビジネスホテルにチェックインして外へ出た。

十二年ぶりに訪れた街は、すっかり変わっていた。

片側一車線しかなかった駅前の道路は倍の広さになり、両側に立ち並んでいた地元の商店は、見上げるような高層マンションや、全国チェーンの外食産業で埋まる雑居ビルに変貌《へんぼう》していた。

佐方は古い記憶を頼りに、駅からみっつ目の交差点を左に曲がった。ひたすら西を目指すと、見慣れた建物が見えた。以前、ボウリング場だったビルだ。今は廃墟《はいきょ》になっている。

その角を右に折れると、路地に出た。車がすれ違うのがやっとの広さだ。両側に飲み屋の看板が連なっている。派手な電飾ではなく、プラスチックの板に店の名前が書いてあるだけのものだ。

佐方は路地奥にある店に向かった。店の前に立て看板が置かれている。味のある手書きの文字で、地酒の銘柄が書かれている。店構えも変わっていないが、置いてある酒も変わっていない。にやりとして、縄のれんをくぐった。

店の中は、カウンターと小あがりがふたつしかない。席がぜんぶ埋まっても、二十人も入らない。棚に置かれている煤《すす》けた招き猫も、昔のままだ。

カウンターの中に、老けたおやじの姿が覗いた。ポータブルテレビで野球を観ている。先客はいない。店が流行《はや》っていないところも同じだ。

佐方はカウンターの端に座った。その音に気付いたおやじは煙草を灰皿に揉み消し、ところどころ破けたビニール製の椅子から立ち上がった。

注文も聞かず、後ろの棚からある日本酒を取り出すと、枡《ます》に入れたコップを佐方の前に置いた。皺《しわ》だらけの節榑立《ふしくれだ》った手が酒を注ぐ。コップから酒が溢《あふ》れる。枡に酒がたまる。おやじは傾けていた一升瓶を立てて、ぽん、と蓋《ふた》をした。

佐方は酒を口にした。懐かしい味がした。尖《とが》りがなく切れがいい。やはり美味い。顔が綻《ほころ》ぶ。

「俺の好きな酒を、よく覚えてたな」

おやじはテレビの画面を観ながら、ぶっきらぼうに答えた。

「まだ、ぼけてねえよ」

二杯目を飲み干したとき、ひとりの客が入ってきた。黒いビジネスバッグを持ち、紺色のスーツを着ている。髪に白いものが目立つ。

男は佐方との間にひとつ席を空けてカウンターに座ると、おしぼりで顔を拭《ぬぐ》った。おやじは男が椅子に座ると、やはり注文も聞かずに、後ろの棚から一升瓶を取り出した。佐方に出した酒とは別の銘柄だ。男は出された酒を口にすると、満足そうなため息をついて、記憶力がいいな、とつぶやいた。おやじは佐方のときと同じように、まだ、ぼけてねえよ、とぶっきらぼうに答えた。

しばらく店の中は、おやじが観ているテレビの音しかしなかった。佐方同様、男も黙って酒を飲んでいる。佐方が三杯目を飲み終えたとき、男が口を開いた。

「やっぱり、ここにいたな」

佐方は何も答えなかった。男は気にする風でもなく、酒を口に運ぶ。

会話のない時間が過ぎる。

佐方はジャケットの内ポケットから、煙草を取り出した。口にくわえて火をつける。ニコチンが肺を満たす。最近、どこもかしこも禁煙で肩身が狭い。ゆっくり煙草が吸える店はありがたかった。

「まだいたのか」

佐方は独り言のようにつぶやき、男に煙草を差し出した。男はそれを手で断った。

「ぐるっと回ってな。戻ると地検がぜんぶ禁煙になってた。それを機に止めた」

地検という言葉に、灰色の建物が浮かぶ。古い七階建てのビルで、かつて自分がいた場所だった。ビルの屋上からは、街並が一望できた。立ち並ぶオフィスビルの隙間に青々と茂る、街路樹を見るのが好きだった。

男は酒が入ったコップを、ゆらゆらと揺らした。

「明日、出るのは俺の部下だ」

煙草を口に運ぶ手が、一瞬、止まった。しかし、すぐに何も聞かなかったかのように煙草をふかした。

「誰が出ようが関係ない。俺は犯した罪をまっとうに裁かせるだけだ」

男が一瞥《いちべつ》する気配がした。ふたりの間の空気が張りつめる。佐方は男の視線を無視して、黙々と煙草をふかす。

男は視線を佐方から酒に戻すと、あのときと同じだな、と言った。

あのとき、というのが、十二年前のことを指していることはすぐにわかった。佐方は地検の会議室で、目の前にいる男に向かい同じ言葉を吐いた。そして、検察を辞めた。佐方は検察官になって五年目のことだった。

辞めると言う佐方を、男は引き止めなかった。辞表を差し出す佐方にひと言、馬鹿野郎、とだけつぶやいた。あのときの男の目を、今でも佐方は忘れない。怒りとやるせなさと諦《あきら》めが混じったような目だった。

「あいつは優秀だ」

男が言う、あいつ、というのが、明日出てくる部下であることは、すぐに察しがついた。

「昔のお前と、同じくらいにな」

付け足すように男が言う。

佐方は男から目をかけられていた。それは、佐方自身がよく知っている。新米だった佐方に、検事のいろはから地検内部の勢力図まで、男はこと細かに教えてくれた。下手を打てば容赦ない叱咤《しった》が飛んだ。他の者なら小言で済むような些細《ささい》なミスも佐方は許されなかった。書類の書き直しを夜遅くまでさせられたことも幾度となくある。それは佐方が、いずれ検察を背負って立つ器だと見込んでいたからだ、と男はかつて言った。

その佐方が検事を辞めた。男にとって、自分への背反と映っただろう。

佐方はコップを持ち上げて、おやじに四杯目を催促した。

男は三杯目を飲み干すと、席を立った。カウンターに千円札を三枚置く。釣りはいい、好きな酒を覚えていてもらった礼だ、と言った。

出口で立ち止まり、男は佐方を振り返った。

「心しとけよ」

男が店を出て行く。店の中は、ふたたび野球中継の音だけになった。かつての上司を、佐方は無言で見送った。


佐方はソファから勢いよく立ち上がると、ドアへ向かった。

「どこに行かれるんですか。もうすぐ時間ですよ」

小坂が慌てて声をかける。佐方は振り返らずに答えた。

「ニコチン」

開廷すれば、しばらく吸えない。公判の前に、二、三本、吸いだめしておくことは長年の習慣になっていた。

佐方は部屋を出た。

廊下では、数人の男女が立ち話をしていた。全員、首から身分証明書のプレートをぶら下げている。地元テレビ局のスタッフや新聞記者の連中だ。

否認裁判はめずらしい。耳ざとく話を聞きつけたマスコミは、情報を得ようと躍起になった。取材は全て断れ、と小坂に指示を出した。小坂はマスコミからの電話に、丁重に頭を下げていた。

連中に見つかると面倒だ。俯《うつむ》いて出口へ向かう。階段を下りて角を曲がると、廊下の向こうから一組の男女が歩いてくるのが見えた。

女は今回の事件の検察官、庄司真生《しょうじまお》だった。推定年齢三十代前半。まっすぐな長い髪を、後ろでひとつに束ねている。高いヒールとベージュのパンツスーツが、今日もよく似合っている。従えている事務官は、見た目二十代半ば。紺色のスーツに水色のネクタイを締めている。真生の後ろを控えめについてくる。

ふたりの横をすれ違おうとしたとき、ヒールの音が止まった。佐方も立ち止まる。真生は斜に佐方を見た。

「今日はよろしくお願いします。佐方さん」

自分を見つめる理知的な眼差《まなざ》しに、昨夜、かつての上司が言った、あいつは優秀だ、という言葉を思い出す。

真生にはじめて会ったのは、公判前整理手続のときだった。

女の検察官が現れたときは、正直、驚いた。女の検察官は確かにいる。めずらしいことではない。しかし、滅多にない否認裁判に女が出てくることはほとんどなかった。頭から男が出てくるものだと思い込んでいた。

だが、その驚きも、場が進むにつれ消えた。佐方や書記官がする、事件の争点や証拠の開示請求などに対して、真生は即座に対応した。きびきびとした動きや頭の回転の速さから、キレる女だと思った。検察が真生を出してきた理由がわかるような気がした。

ふいに、真生の切れ長の目が険しくなった。

「ここからでもお酒の臭いがしますよ。初公判前日に深酒するなんて、余裕がおありなんですね。それだけ今回の裁判で勝つ自信をお持ちなんでしょうか」

女の厭味《いやみ》ほど、二日酔いの頭に嫌なものはない。佐方はつっけんどんに答えた。

「俺がどこで何をしようと、あんたに関係ないだろう」

言い方が気に入らなかったのか、真生の険しい目がさらに鋭くなった。場の空気を察した事務官がふたりの間に割って入った。

「そろそろ時間です。庄司さん」

真生は事務官の顔を見てうなずくと、改めて佐方を見た。

「私は佐方さんを甘く見ていません。優秀な実績を持つ方を見くびるほど、自信過剰ではありませんから。全力で闘わせていただきます」

事務官を従えて、真生が横を通り過ぎる。

やっと解放された佐方は、急いで出口へ向かった。その佐方を、真生の声が呼び止めた。

「佐方さん」

振り返ると、真生が佐方を見つめていた。

「あなたは、なぜ犯罪者を弁護するんですか」

唐突な質問に戸惑う。佐方は頭を掻《か》いた。

「被告人が罪人かどうかは、わからんだろう」

真生の眼差しが、確固たる自信を含んだ。

「私たちは起訴する以上、被告人が罪を犯していると確信しています。今日の被告も、間違いなく罪人です」

「すごい自信だな」

佐方は苦笑した。真生は有無を言わさぬ、強い口調で言った。

「自信ではありません。確信です」

凜《りん》とした口調に、佐方は顔から笑みを消した。

「罪人は裁かれなければなりません」

真生は踵《きびす》を返すと、歩きはじめた。姿勢のいい背中を、じっと見送る。

検察官の中にはふたつの種類の人間がいる。勉強が出来、何の疑問も持たずなんとなくこの道に入った者と、使命感を持ち己の意志でこの道を選んだ者だ。

真生は後者の人間だ。官庁の権威や面子《メンツ》などではなく、自分の意志に忠実なタイプだ。しかも、かつての上司のお墨付きだ。たしかに、油断できない。

胸に大きな波が来た。ニコチンへの欲求が限界に達していた。佐方は足早に、出口へ向かった。

2

細かい砂を落とすような音が聞こえた。

高瀬光治《たかせこうじ》は目を開けた。雨が降っている。夜になりかけている庭が濡《ぬ》れている。三日前と同じ光景だ。ガクアジサイもあの日と同じように美しく咲いているし、妻の美津子《みつこ》も隣にいる。

もしかしたら、今日はまだ月曜日なのかもしれない。光治は思った。自分はリビングでうたた寝をしていて、悪い夢を見ているだけなのではないか。あるいは、幸せな子供が自分を悲劇の主人公に見立てて遊ぶ、そんな空想の世界に浸っているだけなのではないだろうか。

光治は目を伏せて、小さく頭を左右に振った。いや、同じではない。よく見るとガクアジサイの花びらは少しだけ色褪《いろあ》せているし、テレビの上に置いているデジタル時計の日付は、今日が木曜日であることを示している。間違いなく、あの日から時間は過ぎているのだ。

何より、三日前に起きた悲劇は事実であると、美津子の顔が物語っていた。あれから美津子は食事も摂《と》らず、ほとんど寝ていない。そのため、眼窩《がんか》は落ち窪《くぼ》み頬はこけ、泣き腫《は》らした瞼《まぶた》は、水ぶくれのようになっていた。それは光治も同じだった。いたたまれず、妻から目を背けた。何も変わらない、と思いたいのは、自分が辛《つら》すぎる現実を受け入れられずにいるからなのだ。いや、受け入れたくないのだ。卓《すぐる》がもうこの世にいないという現実を。


三日前の月曜日は、いつにも増して忙しかった。休み明けに加え、季節の変わり目で体調を崩しやすい時期ということが、混み合う理由だった。二十台ほど置ける駐車場は朝から満杯で、待合室は患者で絶えず埋まっていた。昼食を摂れたのは午後の二時過ぎで、しかも、味もわからず腹に食べ物を詰め込むだけの時間しかなかった。食べ終わると休憩も取らずに、待っている患者のために午後の診察に入った。

光治は最後の患者を診終わると、遅番の看護師に後を頼み、裏口から出た。仕事を終えたら早々に帰宅し、食事を摂って早く休む。今日の疲れを明日に残さない、というのが光治の主義だった。前にいた大学病院ならば、自分が倒れても代わりの医師はいる。しかし、個人病院の医師に代わりはいない。唯一の医師である自分が倒れたら、困るのは患者だ。自分の健康を気遣うことが、ひいては患者の身体を守ることになる。そう光治は思っている。

時計を見ると、まもなく七時になろうとしていた。湿り気を帯びた大気が、半袖《はんそで》のシャツから出ている腕にまとわりつく。ひと雨くるな。そう思いながら、車のエンジンをかけた。

光治が三森《みもり》市に岡崎《おかざき》内科クリニックを開院して、今年で五年になる。経営はうまくいっていた。見立てのよさと丁寧な診察も評判を呼んだのだろうが、何より立地条件がよかった。

開院した三森市は、県庁所在地である米崎市の隣にあるベッドタウンだった。ちょうど開院した年に、米崎市と繋《つな》がるバイパスが出来た。そのことにより、ここ数年で三森市の人口は一気に増えた。

クリニックは、三森市の南側に位置する岡崎町にある。最近開けた郊外型新興住宅地だ。住人も若い世代が多く、クリニックの近くにある公園は、常に子供の声で賑《にぎ》わっていた。三森市の中で米崎市に一番近いという利便性もあるのだろう。年々、住人は増え続けている。

開業医を訪れる患者の大半は、近隣の人間だ。開腹手術をしなければならない病は別にして、風邪や胃腸炎程度の軽いものなら、多くの人間は自宅から近い医院で受診する。当然、住人が減少している地域より、増加している地域のほうが患者は多くなる。患者の数が増えることは喜ぶべきではない、とわかっていても、やはり経営が軌道に乗ったときは、ほっとした。

それに、順調に経営が成り立っているということは、決して経営者側だけにメリットがあるわけではない。余裕が出来れば、いい環境が整えられる。先日も、今の人数では人手が足りず、新しい看護師を雇ったばかりだった。医療現場の人間が増えれば患者のケアも行き届く。患者は満足する。患者が患者を連れてくる。収入が増える。もっといい環境を整えられる。好循環だ。

クリニックを開院する前、光治は大学の付属病院に勤務していた。

光治が独立したのは、三十八歳のときだった。

四十歳を前にしての開業を、大学病院の同期たちは、まだ早い、と止めた。多くの勤務医は、四十歳の声を聞いてから先のことを考える。あまりに若すぎる独立は、経験不足や年齢の若さから患者の信用を得られず、うまくいかないケースが多いからだ。三十代で独立する人間の多くは親や祖父が医師で、跡を継ぐケースが大半だった。

本来ならば、光治もその立場だった。光治の祖父と父は二代続く内科医で、長男として生まれた光治は、三代目を引き継ぐべき人間だった。しかし、光治が開業したのは、跡を継ぐためではなかった。

光治の父は、光治が小学校にあがった年に亡くなった。享年三十五歳。胃癌だった。進行性のもので、腹を開いたときはすでに手遅れだった。

祖父の嘆きは相当なもので、悲しみの矛先はすべて孫である光治に向かった。息子を失った辛さが、光治への期待を二倍にも三倍にもしたのだろう。祖父は光治に、医者になれ、と言い続け、その期待は光治が高校にあがる頃には、脅迫めいたものにまで変貌《へんぼう》していた。

しかし、その頃の光治は医師になるつもりなどまったくなかった。自分の将来を決めつけられることへの反抗もあったが、それ以上に医師という職業に対して失望していた。地元では、腕がいい、と評判の祖父ですら父を救えなかった。それが光治に、医師とはむなしい仕事だ、と思わせた。

その光治が、医師になろうと決めたのは、大学進学を考えた頃だった。高校三年のとき、母が亡くなった。病は奇《く》しくも、父と同じ胃癌だった。二人とも同じ病で失うという出来事は、光治の医師という職業への認識を変えた。病を治せないむなしさよりも、病に対する怒りのほうが勝るようになった。

自分の大切な者の命を他人に委《ゆだ》ねたくない。自分の手で守りたい、そう思った。両親を同じ病で失った悲しみが、光治を医学の道へと進ませた。そして、高校卒業後、地元の医大に進学し、大学の付属病院に勤務した。そして今では、自分の医院を持っている。世襲の問題など、光治にとってはどうでもいいことだった。ただ、自分の手で大切な者の命を守りたいだけだった。祖父の病院を継がず、別な土地に開業したのは、その意志を形として表したかったからだ。

四十を前に独立した理由はふたつあった。

ひとつは過酷な勤務体制に限界を感じていたことだった。勤務医は激務のわりに収入が少ない。場合によっては、残業手当てがつかないこともある。時間も不規則で深夜の呼び出しにも応じなければならない。患者と時間に追われる日々は、光治の患者に対する感覚を麻痺《まひ》させていった。患者を診るというより、患者の数をこなさなければならない、という思いに変わりつつあった。そんな自分に気づいたとき、多忙すぎる環境に長く身を置くことは、自分の体力と人の命を救うという医師としての志を失うことに繋がってしまう、という危機感を覚えた。

もうひとつの理由は息子を授かったことだった。自分の家族を他人の傘の下で養うのではなく、自分の腕で食べさせていきたいと思った。独立しても妻子を養っていける、という自負はあった。腕と勤勉さに自信があった。その自信が独りよがりの自惚《うぬぼ》れでなかったことは、今の状況が証明している。

「おかえりなさい」

車をガレージに止めて玄関を開けると、美津子が奥から出てきた。今日の夕食は煮物のようだ。いい匂いがキッチンから漂ってくる。

「今日も忙しかったんでしょう。疲れた顔してる」

美津子は光治から書類かばんを受け取ると、靴を脱いでいる光治の顔を心配そうに覗《のぞ》き込んだ。

「いつものことだよ。それより腹が減った。昼もろくに摂ってないんだ」

「医者の不養生なんて嫌よ。患者さんの身体も大切だけど、自分の身体も大事にしないと」

恒例行事みたいになった会話を交わし、二階にあがる。パジャマに着替えてリビングに降りていくと、ダイニングテーブルの上に冷えたビールが用意されていた。

缶のプルタブを開けて、そのまま呷《あお》る。喉《のど》をひりつくような刺激が落ちていく。頃合いを見計らったように、美津子がつまみを持ってきた。益子《ましこ》焼の器に、茄子《なす》の煮浸しが盛られている。

「美味《うま》いな。俺がいなくなっても、小料理屋でやっていける」

美津子は目の端で、せわしなく箸《はし》を動かす夫を睨《にら》んだ。

「縁起でもないこと言わないで。あなたが一生面倒をみるって言うから結婚したのよ。約束はちゃんと守ってちょうだい」

美津子の声の強さに光治は大げさに肩をすくめると、二本目のビールの蓋《ふた》を開けた。

美津子と出会ったのは、卒業した大学の付属病院に勤務していたときだった。美津子は大学の同期だった浜田《はまだ》という男の妹で、当時、地元の大学に通う学生だった。美津子は足を骨折して、兄が勤める病院に通院していた。友人とスキーに行き、転倒して負傷したのだ。

廊下ですれ違った光治に、浜田は自分の妹を紹介した。兄の横で頭を下げる美津子は、実際の年齢より上に見えた。落ち着いた物腰と、流行《はや》りものではない落ち着いた服装がそう見せたのかもしれない。目鼻立ちは小ぶりで決して派手ではないが、配置のバランスがよく品のいい顔立ちをしていた。医師という職業だけで媚《こ》びる女をたくさん見てきた光治は、人より一歩引いた控えめな雰囲気に好感を抱いた。

その後、病院の廊下で美津子を時々見かけた。そのたびに挨拶《あいさつ》をした。本当は、目が自然に美津子の姿を探していたのだが、それを悟られたくなくて努めてさりげなさを装った。

ときには、美津子から声をかけてくることもあった。美津子はどんなに遠くにいても、光治を見かけると頭を下げた。光治が側に行くと、わずかに頰を染めて嬉《うれ》しそうに微笑む。その姿からは、光治に対する好意が窺《うかが》えた。

光治が美津子の気持ちに気づいていたように、美津子もまた、光治の想いに気づいていたと思う。付き合ってからわかったことだが、美津子は勘がいい女だった。光治の目の動きや些《さ》細《さい》な仕草から、光治の考えをよく見抜いた。その美津子が光治の気持ちに気づかなかったわけがない。

お互いの距離が縮まるのに、そう時間はかからなかった。挨拶するだけの仲は、次第に立ち話をする間柄になり、怪我のリハビリが終わる頃には夕食をともにする関係になっていた。

二年間付き合い、美津子の大学卒業を待ってプロポーズした。美津子の両親に挨拶をするために自宅を訪れたとき、同席した浜田から、お前は医師の資格を取るのも早かったが手も早かったんだな、と皮肉を言われた。

「お父さん、お帰り」

二階から卓が下りてきた。時計を見ると、八時を回ろうとしている。塾に行く時間だ。卓は光治の側にやってくると、テーブルの上にあった菓子パンを手にとり、あっという間にたいらげた。

「夕飯は食べたんだろう」

食べっぷりのよさに光治が尋ねる。卓は指をぺろりと舐《な》めた。

「食べてもすぐに減るんだよ」

小学校五年生で、すでに食べ盛りである。春からの三ヵ月でかなり背が伸びた。いずれ百七十五センチの光治をゆうに抜くだろう。数年後の息子の姿を思い浮かべ、思わず顔が緩む。

卓は親の目から見ても、自発的で活発な子だった。地元のスポーツ少年団に入りたい、と言ったのも自分からだし、この春から通いはじめた学習塾も親が勧めたものではない。

光治は卓に何かを強いたことは一度もない。祖父から強制を受けて育った光治は、人から何かを強いられる苦痛を知っていた。自分と同じ思いを息子にはさせたくなかった。子供の前に立ち進む方向を指示する親ではなく、子供が選んだ道を後ろから後押しする親でいたい、そう考えていた。

「じゃあ、行ってくる」

卓は学習道具が入ったバッグを肩にかけると、玄関に向かった。病院を出たとき空が曇っていたことを思い出した。光治はリビングを出て行こうとしている息子の背中に声をかけた。

「雨が降るぞ。母さんに送ってもらえ」

卓は顔だけ振り返り、苦い顔をした。

「いいよ。お母さん、出かける準備に時間かかるんだもん」

エプロンで手を拭《ふ》きながら、キッチンから美津子が顔を出した。

「そんなことないわよ。ちょっと髪をとかすだけだから待ってて。送っていくから」

卓は片手をあげて、左右に振った。

「今すぐ出ないと遅れるってば。それに、直樹《なおき》だって自転車で行くって言ってたよ。雨が降ったらお風呂《ふろ》の用意してて。帰ったらすぐに入るから」

直樹というのは、この春から一緒に学習塾に通っている友人で、お互いを親友と呼び合うほど、仲がいい子だった。

卓は美津子の返事も待たずに、家を出た。門が開き自転車が出て行く気配がする。

「風呂を用意しておけ、なんて二十年早い」

光治は一人前の口をきく息子に苦笑した。

大切な人間の命を自分の手で守りたい、という思いは昔から変わらない。いや、自分の家族を持ち、いっそう強まったように思う。

癌で若死にした父や母に続き、祖父母もすでに他界した。兄弟がいない光治にとって、家族と呼べる人間は美津子と卓しかいない。この世に何億人いようと、ふたりしかいないのだ。

目を閉じた光治の耳に、細かい砂を落とすような音が聞こえた。光治は立ち上がり、リビングのカーテンを開けた。庭のガクアジサイが雨に濡《ぬ》れている。

「やっぱり降ってきたな」

誰に言うでもなくつぶやく。洗いものを終えた美津子が、光治の隣で空を見上げた。

「すぐ、やみそうにないわね。塾が終わる頃、迎えに行ったほうがいいかしら」

そうしたほうがいい、と言いかけて光治は止めた。リビングを出て行く息子の、いつもよりたくましく見えた背中が口を塞《ふさ》がせた。迎えに来られた息子は、どう思うだろう。親の気遣いを、子供扱いされた、と受け止めるだろうか。友人から、親離れが出来ていない、とからかわれて、はずかしく思うのではないか。

塾は自宅から、自転車で約二十分の距離にあった。小学校五年生にとって、近くもないが遠すぎる距離でもない。精一杯背伸びしている息子の面子《メンツ》を潰《つぶ》すより、雨に濡れて帰らせるほうがいいように思えた。

光治はカーテンを閉めた。

「もう五年生なんだ。大丈夫だろう。風呂の準備をしておけよ。卓が帰ったらすぐに入れてやれ。風邪をひくと悪い」

美津子は風呂の用意をするために、リビングを出て行った。

光治は椅子に戻り、テレビをつけた。野球が放送されていた。九回裏、ツーアウト満塁。点差は二点で一打同点、長打なら逆転サヨナラのチャンスだ。ピッチャーが投げた。打者が打った。大きな歓声が沸き起こる。それに誘われるように、雨脚も強くなった。光治はビールの缶を持ったまま、画面に見入った。


玄関のチャイムが鳴った。

三日前に戻っていた光治の思考が遮られた。隣にいる美津子を見る。うなだれたまま立ち上がろうとしない。チャイムの音が耳に入っていないのかもしれない。妻の意識も、月曜日の夜から動けずにいるのだろうか。

光治はゆっくりと立ち上がり、玄関に向かった。扉を開けると、外に一組の男女が立っていた。ふたりは神妙な面持ちで頭を下げた。ふたりの後ろに、ひとりの男の子が立っていた。よく知っている顔だった。自分の足先を見つめたまま、顔をあげようとしない。

光治は俯《うつむ》いている男の子の名前を呼んだ。

「直樹くん」

名前を呼ばれた直樹は、びくりと身体を震わせた。母親は安心させるかのように、息子の肩にそっと手を置いた。

「今日のお葬式に参列しようと思っていたんですが、まだ、この子の動揺がひどくて出られる状態じゃなかったんです。でも、今になって急に、卓くんに会いたい、と言うので連れてきたんです。遅くに失礼かと思ったんですが、どうか卓くんに会わせてやってください」

直樹の母親は、自分の息子が生きていることを詫《わ》びるような目で光治を見た。その目がいたたまれず、光治は頭を下げることで視線を逸《そ》らせた。

直樹の母親が詫びる必要などまったくない。詫びなければならないのは、卓を轢《ひ》いた車の運転手だ。それはわかっている。しかし、搬送された病院の霊安室で無残な姿に変わり果てた息子を目にしたとき、なぜ卓が死ななければならないのか、という怒りが胸に込みあげてきた。塾からの帰り道、自転車で走っている順番が違っていたら、卓は死ななくて済んだのではないか。卓が前ではなく直樹の後ろを走っていたら、死んでいたのは直樹のほうで、卓は今でも元気に笑っているのではないか、と思った。前と後ろが分けた不運を、恨まずにはいられなかった。

警察から事故の連絡が入ったのは、ちょうど美津子が卓の帰りが遅いことを心配して、塾に電話をかけようと思っていた矢先だった。普段なら遅くても十時には家についているのに、十時半を過ぎても帰って来ない。何かあったのではないか、と心配していたところだった。

電話を受けた美津子の顔色が変わった。

「警察、ですか」

警察。その言葉に、光治は椅子から立ち上がり美津子に駆け寄った。

「どうした。何かあったのか」

美津子は動揺のあまり、でも、とか、あの、などと要領を得ない対応しか出来ない。

光治は美津子から受話器を奪った。

「代わりました」

受話器の向こうから、若い男の声がした。

「高瀬さんのお宅ですね。卓さんはそちらのお子さんでしょうか——

そうだ、と答えると男は、自分は警察官であること、卓が車に撥《は》ねられて近くの病院に搬送されたこと、すぐに病院に向かってもらいたい、という内容を手短に話した。

「卓は、卓は大丈夫なんですか」

大学病院で、救急外来を担当していたときのことを思い出す。救急外来に搬送されてくる患者は、内臓疾患や脳梗塞《のうこうそく》、交通事故での負傷者などさまざまだった。患者の身内の多くは、突然の出来事に動揺して医師の説明をろくに聞けない状態だった。患者の状態はどうなのか、なぜこのようなことになったのか、命は助かるのかと責めるように尋ねる。

急な出来事に取り乱す気持ちはわかる。だが、このようなときこそ落ち着いて、患者の容態やこれからの治療方針の説明を聞いてほしい、と思った。

しかし、このときの光治は病院で見てきた身内の人間と、なんら変わりはなかった。

動揺し、混乱し、救急病院に駆け込んできた患者の身内と同じ行動しかとれなかった。電話の向こうにいる警官に、外傷はどの程度なのか、出血はあるのか、臓器損傷はあるのか、意識レベルはどのくらいなのか、矢継ぎ早に尋ねた。

今にして思えば現場の警官に、被害者の容態などわかるはずがない。自分がすべきことは、取り乱している妻をしっかりさせ、一刻も早く卓が運び込まれた病院に向かうことだ、とわかる。しかし、そのときの光治にはわからなかった。同じ立場にならないと、当事者の気持ちなどわからない、と今になって悟った。質問攻めに遭う警官は、自分もよくわからないのでとにかく急いで病院に向かうように、と指示を出すと早々に電話を切った。

光治は直樹と両親を家にあげると、和室に案内した。祭壇は部屋の奥にあった。葬儀屋があっという間に作っていったものだ。

祭壇に位牌《いはい》と遺影が置かれている。直樹の母親は卓の遺影を見たとたん、ハンカチで口を押さえた。ハンカチの隙間から嗚咽《おえつ》が漏れてくる。直樹の父親はハンカチで目頭を押さえていた。

「あいつはどうなるの」

線香をあげ終えた三人に茶を出したとき、それまで黙っていた直樹が口を開いた。

大人四人の視線が、いっせいに直樹に向けられる。直樹はずっと俯いていた顔をあげた。悲しみと怒りを含んだ目が、光治を見つめる。

「卓を轢いた男はどうなるの」

直樹はもう一度尋ねた。

光治を見つめる目に、涙が溢《あふ》れてくる。

「僕は見た。赤信号なのに、車が横断歩道に突っ込んできたんだ。そうしたら、目の前を走っていた卓の体がいきなり消えた。あっという間だった。何が起こったのかわからなかった」

直樹は膝《ひざ》の上で握り締めている拳《こぶし》を震わせた。

事故の唯一の目撃者は直樹だった。

塾が終わり、雨の中を帰路に就いたふたりは、住宅街の交差点に差しかかった。自動車側の信号は赤、進行方向自転車側の信号は青。ふたりは横断歩道を渡った。そのとき、一台の車が交差点に突っ込んできた。その車に、前を走っていた卓は撥ね飛ばされた。その距離は、およそ十五メートルと聞いている。車から降りて倒れている卓に駆け寄った運転手はひたすら、どうしよう、と繰り返していたという。その息が酒臭かった、と直樹は警察で供述している。

事故直後の様子を語る直樹の頰を、涙がつたった。それが合図のように、つぶやくようだった声は悲痛な叫びに変わった。

「卓は、卓はあいつに殺されたんだ」

直樹の声が部屋に響く。それまで無表情だった美津子の顔が、みるみるうちに歪《ゆが》んでくる。正座していた美津子はいきなり立ち上がると、祭壇に置いてある卓の骨壺《こつつぼ》を胸に抱きしめた。

「卓」

息子を抱きながら、美津子は泣き崩れる。

飲酒運転による信号無視。しかも死亡事故だ。運転していた人間は罰せられ、必ず刑務所に行くはずだ。

光治は泣きじゃくっている直樹の手を取った。

「卓を轢いた男は、すでに警察に捕まっている。法が必ず裁いてくれる」

直樹の手は温かかった。生きている者だけがもつ生命の温《ぬく》もりがあった。直樹の手を握る光治の手に、霊安室で握った息子の手の冷たさが蘇《よみがえ》ってくる。もう息子の温もりに触れることは、二度とない。胸にさらなる悲しみが込みあげてくる。

光治は直樹の目をまっすぐに見つめ、力強く言った。

「大丈夫だ」

そのひと言は直樹にではなく、自分に言い聞かせていた。

直樹は手の甲で涙を拭《ぬぐ》うと、大きくうなずいた。

光治も深くうなずいた。そう信じて疑わなかった。半年近く後、不起訴の通知が届くまでは。

3

三〇一号法廷は、明るい日差しで満ちていた。床から天井まである高窓から、初夏の陽が差し込んでくる。

傍聴席はマスコミや傍聴人で、ほとんど埋まっていた。ざっと数えても四十人はくだらない。

法壇には九人の人間が座っていた。中央に裁判長の寺元純一郎《てらもとじゅんいちろう》。寺元を挟むように、右陪席に村田誠《むらたまこと》裁判官、左陪席に長岡真紀《ながおかまき》裁判官がいる。本事件の裁判員に選ばれた六人は、三人の裁判官の両側に分かれて座っていた。

証言台を挟んで、佐方と真生が対峙《たいじ》していた。佐方はどこを見るでもなく視線を落とし、真生は佐方を見据えている。

法壇の前にある証言台には、ひとりの女性が立っていた。年は五十歳前後。ＭＲＩに入れれば、メタボリックの見本画像が撮れそうな腹回りをしている。前で閉じたグレーのカーディガンのボタンが、いまにも弾《はじ》け飛びそうだ。

寺元の張りのある声が、室内に響いた。

「証人は宣誓を行ってください」

証人は教師からいきなり指された生徒のように、びくりと肩を震わせた。証人が宣誓をする。言葉の合間に、えーとか、あーとか、間の抜けた間投詞が入る。弁が立ちそうな感じではない。

証人が宣誓を終えると、寺元は真生へ顔を向けた。

「では、検察官、証人尋問をはじめてください」

女性は検察官側の証人だった。寺元に促され、真生は席から立ち上がった。法壇に座る人間に目礼する。

「証人尋問をはじめます」

真生の声が法廷内に響く。真生は証人に身体を向けた。

「まず、名前から教えていただけますか」

「田端啓子《たばたけいこ》です」

自分の名前を言うだけなのに、声が震えている。真生はゆっくりとした口調を心がけた。田端を落ち着かせるためだ。

「現在、どこにお住まいですか」

「三森市の岡崎町です」

「岡崎町」

真生はわずかな間をとった。

「高瀬夫妻が住んでいる町ですね」

田端はあごを引くようにして、小さくうなずいた。

「高瀬さんの家は、うちの隣です」

真生は自席を離れて、田端の側に立った。

「田端さんは、いつからそこに住んでいるのですか」

「うちの夫の持ち家だったので、結婚してからずっと住んでいます。もう二十年以上になります」

「高瀬夫妻が岡崎町に住居をかまえたのは十三年前。では、田端さんは高瀬夫妻が引っ越してきた当初から、おふたりをご存じなんですね」

「はい」

田端は手にしていたハンカチで、額の汗を拭《ふ》いた。

「最初に高瀬夫妻に会ったとき、どのような印象を持ちましたか」

「ご主人は貫禄《かんろく》があるけれど話し方が穏やかで、優しい感じの方でした。奥さんは口数は少ないけれど、にこにこしていて品がある人だなって思いました」

「高瀬夫妻に抱いた印象は、その後、変わりましたか」

田端は首を横に振った。

「道で会ったときは必ず挨拶《あいさつ》してくれましたし、うちが旅行で家を留守にするときはラッキーに餌を与えてくれたり……、うちで飼ってる柴犬《しばいぬ》なんですけどね。気難しくてあまり人に慣れないんです。でも、高瀬夫妻にはよくなついていました。ラッキーを見ていて、犬もこの人がいい人間か悪い人間かわかるんだな、って思いました」

法廷の雰囲気に慣れてきたのか、田端の舌が滑らかになってきた。真生は質問を続ける。

「田端さんの目には、高瀬夫妻の夫婦仲はどう映っていましたか」

田端は口元を綻《ほころ》ばせ、夢を見るような眼差《まなざ》しをした。

「おしどり夫婦ってこういうことを言うんだろうな、って思っていました。ご主人はお医者様でしょう。いろいろ忙しいでしょうに、町内会の清掃活動や寄付金集めのフリーマーケットなど、地域の行事に積極的に参加されていました。いつもご夫婦一緒で、ほんとに仲がいいんだな、って見てました。何かにつけて逃げ出すうちの夫とは大違いだな、って。だから」

田端の顔が曇る。

「今回、こんなことになるなんて信じられなくて」

大袈裟《おおげさ》なくらい肩を落とし、田端は先ほど汗を拭いたハンカチで口元を押さえた。

「その、仲がよかった夫婦に変化があったのは、いつ頃ですか」

田端は視線を左上に向けて、少し考えてから答えた。

「ここ半年くらいかしら。一年にはならないと思います」

「それはどのような変化でしたか」

真生の質問に、田端が神妙な面持ちになる。口ごもる田端に真生は、目で続きを促した。田端は言葉を選びながら、ゆっくりと答えた。

「まず、奥さんの服装が派手になりました。さっき言ったとおり、奥さんは上品な人で、原色の服を着ている姿なんか見たことなかったんです。どちらかといえば、地味な色合いの服が多かったのに、赤や緑の胸元が大きく開いた品のない……」

口が過ぎたと思ったのか、田端は気まずそうな顔をして言い換えた。

「胸元の大きく開いた服を着るようになったんです」

「それはなぜだと思いましたか」

「異議あり」

開廷してからはじめて佐方が口を開いた。

「証人の推測は必要ありません」

真生は佐方を見ながら、寺元に申し立てた。

「本事件は高瀬夫妻の夫婦関係が深く関わっています。証人に質問していることは、本事件の動機に繋《つな》がるもので重要なことです。証人の体験に基づく意見であり、正当な理由があります」

寺元は右陪席と左陪席を交互に見た。ふたりともうなずく。

寺元は真生に向かって首肯した。

「異議を棄却します。検察側は質問を続けてください」

真生は礼を言うように、寺元に軽く頭を下げた。

「先ほどの質問を繰り返します。誰の目から見ても仲がよかった高瀬夫妻が……、正しくは妻が、変わったのは何故だと思いますか」

「やはり、あの事故があったからじゃないかと」

田端がまた口ごもる。

「あの事故とは何ですか」

田端は消え入りそうなほど小さな声で答えた。

「息子さんが、亡くなった事故です」

「それは、七年前の事故のことですね」

真生が補足する。

田端はうなずいた。

「息子さんが亡くなった、交通事故のことです。塾の帰りに車に撥《は》ねられたんです。まだ小学生でした。ご夫妻の悲しみは相当なものでした。ひとり息子でしたからね。挨拶もしっかり出来る、明るい良い子でした」

「妻が変わった原因は、お子さんが亡くなったからだと？」

緊張しすぎて疲れてきたのか、田端は早く証言を終わらせたいとでもいうように、早口になった。

「事故は息子さんのほうが悪かったようですけど、ご夫妻は納得されなかったんでしょうね。しばらくの間、目撃情報や署名を街頭で集めたりしていたけれど、何をしたって息子さんは戻らないでしょう。事故から少し経った頃、奥さんが私にぽろっとこぼしたことがあったんです。私が塾まで迎えに行けばよかった、って。迎えに行っていれば、あの子は死なずに済んだ、ってね」

田端は辛《つら》そうに目を伏せた。

「起きてしまったことを悔やむのはせん無いことでしょう、って慰めたけれど、私には奥さんの気持ちがよくわかりました。私が奥さんだったら、同じように思ったと思いますよ。うちの夫が高瀬さんのご主人と同じ立場だったら、口には出さなくても、きっと私を責める気持ちを持つと思うんですよね。高瀬さんのご主人も、同じ気持ちだったんじゃないかなって思うんです。そういう気持ちって、表に出さなくても伝わるものじゃないですか。その気持ちのずれがだんだん大きくなって、こじれてしまったんだと思います」

「こじれた結果、派手な服装をするようになったと？」

返答を躊躇《ためら》っているのだろう。田端は口ごもり、目の端で被告人席を見た。気分がすぐれないのか、田端と顔を合わせたくないのか、被告人はハンカチを口に当てて俯《うつむ》いている。顔色が悪い。

田端は意を決したように顔をあげると、前方を見据えた。

「奥さんは、浮気をなさっていたんだと思います」

真生は首を傾げながら、田端を見た。

「どうしてそう思うのですか」

「服装が派手になっただけなら、服の好みが変わったんだな、と思うけれど、今まで夜に出歩くことがなかった人が、毎夜のように飲み歩くようになったんです。夜遅く帰宅した奥さんを咎《とが》めるご主人の声も、何度も聞いています」

「口論の内容は、わかりますか」

田端はもじもじと、手元のハンカチをいじる。

「聞こうと思って聞いたわけじゃないですよ。ラッキーが唸《うな》るから、静かにしなさい、って叱ろうとして窓を開けたら、聞こえてきただけです」

「内容を教えてください」

「こんな遅くまで何をしていたんだ、とか、男がいるのか、とか」

「奥さんはどのように答えていましたか」

「あなたなんかよりよほどいい、別れてあの人と一緒になる、みたいなことを叫んでいました」

「それを聞いて、田端さんはどう思いましたか」

「異議あり」

佐方が二度目の異議を唱えた。

「証人がどう思ったのかは、立証趣旨と関連性がありません」

寺元が異議を認める。

「検察側は質問を変えてください」

真生はうなずいた。

「質問を変えます。田端さんは、奥さんが本当に浮気をしていたとの確信をお持ちですか」

田端は口を噤《つぐ》んだ。裁判の流れが止まる。

真生は田端の肩に、諭すように手を置いた。

「あなたの証言は、本事件を正しく裁く材料のひとつです。裁判が正しく行われることが、亡くなった被害者にとっての一番の供養であり、被告人にとってはこれから生きていくためにもっとも必要なことなのです。罪を正しく裁くために、あなたは真実を述べなければなりません」

田端は真生の言葉にじっと耳を傾けていたが、おもむろに顔をあげると、腹を決めたように真生の目をまっすぐに見つめた。

「確かに奥さんは浮気をしていました。私、奥さんから相談されたんです」

「どのような相談ですか」

一度、止まった裁判が、ふたたび流れはじめる。

「何度目かの口論を聞いた次の日、奥さんがうちを訪ねてきたんです。昨夜の喧嘩《けんか》、聞こえていたでしょうって、玄関を入るなり泣き出しちゃったんです。玄関先で泣かれてもこっちも困りますから、家にあげて話を聞いたんですけれど、そのときに奥さんの口から、ご主人以外の男性と付き合ってるって聞いたんです。奥さんは、自分は真剣だ。

夫と別れて一緒になりたい。だけど相手にはその気がないようだ。とても辛い。どうしたらいいのかわからない、って泣いたんです。思い詰めた表情から、奥さんは本気なんだな、って思いました」

真生は質問を続ける。

「その話を聞いて、田端さんは何と答えましたか」

「今は熱くなっていて周りが見えなくなっているだけだ、って言いました。冷静になって頭を冷やしなさいって」

「奥さんはどうしましたか」

「ひとしきり泣いて落ち着いたのか、お茶を飲み終えると、騒がせた詫《わ》びと聞いてもらった礼を言って、帰って行きました」

田端は悲しげに目を閉じた。

「奥さんは真面目な人なんです。今回のことも、相当、思い詰めてのことだったんだと思います」

法廷は静まり返っていた。

真生は視線を寺元へ向けた。

「尋問を終わります」

4

ダイニングテーブルの上に、一通の手紙が置かれている。

見間違いではないかと思い、何度も読み返した手紙だ。光治はもう一度、届いた文書を手に取った。三つ折りになっている紙面を開く。そこには、いくら読んでも変わらない文面があった。

手紙は卓を殺した加害者の処分が書かれたものだった。光治が地方検察庁から取り寄せたものだ。

通知、の二文字からはじまる文章は、検番と言われる事件番号および罪名である「自動車運転過失致死被疑事件」と続き、処分内容が記されていた。

『処分内容、頭書被疑事件については平成十五年十一月二十日、不起訴処分にしたので通知します』

卓の初七日が終わった後、光治は仕事に復帰した。

本当は仕事などどうでもよかった。卓のことだけを考えていたかった。しかし、現実はそうはいかない。光治の診察を待っている患者がいる。クリニックをたたむわけにはいかない。半ば機械的に、診察室の椅子に座った。

卓が死亡した事故は、翌日の朝刊に載った。地方欄の隅に小さく取り上げられていた。相手の氏名は記載されていない。建設会社社長とだけある。新聞で事故を知った看護師や顔見知りの患者は、高瀬家に降りかかった突然の不幸を心から気の毒がった。中には、診察室で泣きだす年配の女性もいた。女性は、昔、自分も子供を事故で亡くしたのだ、と言った。女性は光治を慰めたかったのかもしれないし、自分の不幸を述懐したかったのかもしれない。だが、光治にとってはどちらも迷惑でしかなかった。

交通事故の死亡者数は、年間五千人を上回る。ひと月の間に四百人以上の人間が交通事故で死んでいる。しかし、そんなことは、光治と美津子にとって関係のないことだった。何百人、何千人死のうが、卓の死はかけがえのないたったひとりの息子の死だった。卓を失った悲しみは、親である自分と美津子だけの悲しみだった。慰めなどいらなかったし、傷の舐《な》め合いも御免だった。

卓を死なせた加害者の身元は、事故の翌日に知った。自宅に来た先方の保険会社の人間から聞かされた。名前は島津《しまづ》邦明《くにあき》。五十一歳。地元の建設会社の社長であると同時に、県の公安委員長を務める男だった。

聞いた瞬間、嫌な予感がした。公安委員会は地元警察の監督を務めている機関だ。警察と密接な関係にある。仲間内と言ってもいい。役人が身内の犯罪を隠蔽《いんぺい》した事件は日頃のニュースで嫌でも耳にしていた。島津が公安委員長という役職の権力を使い、今回の事件の真相を捻《ね》じ曲げようと思ったら可能かもしれない。

光治は後日、地検へ上申書を提出した。以前、事件の遺族が地裁に、上申書を提出したという新聞記事を目にしたことがあった。今回の事故により大事な息子を奪われたことと、それにより妻の美津子は精神的ショックを受けたこと。食事も喉《のど》を通らず眠れない日が続き、日常の生活に多大な支障をきたしていること。そして、父親である自分自身も、職務をこなすのが困難なほどの精神的ダメージを負っていることを記した。さらに、事故当時、唯一の目撃者である卓の友人が加害者の信号無視と飲酒運転を証言していることを書き加え、加害者の厳重な処罰を望む、という一文で結んだ。

いくら警察が身内をかばおうとしても、相手側の信号無視と飲酒運転ならば、かばいきれないだろう。相手は必ず処罰される。そう思ったが、万が一のことを考えて、打てるだけの手は打っておこうと思った。上申書まで提出したのだから、必ず相手は起訴される、そう信じていた。しかし、その考えは甘かった。

いつまで経っても島津が起訴されたという知らせはなかった。業を煮やし検察に、事件の処分結果を通知する、被害者等通知制度を申し込んだ。地検から知らせが届いたのは、事故から半年近くが経ってからだった。

加害者不起訴の文字を見た光治は立ち尽くした。様子がおかしいことに気付いた美津子は、光治の手から手紙をひったくった。文面を目で追う顔が青ざめていく。すべて読み終えると、ものすごい形相で光治に叫んだ。

「どうして起訴にならないの。起訴にならないということは、この男は悪くないってことじゃない。慰謝料だって保険会社が払うだけ。免許だって取り消されても、いずれ時間が経てば取り直せる。新聞に名前すら載らない。ひとりの人間の命を奪っておきながら、この男は何もなかったかのように生きていくのよ。これじゃあ、あの子は死に損じゃない。こんな馬鹿な話ないわ」

美津子は泣きながら、力任せにダイニングテーブルを両手で叩《たた》きつけた。やめろ、と言ってもやめない。怒りを込めて、拳《こぶし》を振り落とす。テーブルが壊れる前に、美津子の手が砕けてしまいそうな勢いだった。

光治は美津子を、後ろから抱きしめるように止めた。しかし、美津子は止まらない。自分を縛りつける腕を振り払おうと身を捩《よじ》る。テーブルから調味料や箸立《はした》てが落ちた。床にしょうゆがこぼれる。暴れる美津子の耳元で、光治は声を張りあげた。

「そうだ。こんな馬鹿な話はない。あっちゃいけないんだ。明日にでも、俺が地検に行ってくる。行って、なぜ相手が不起訴になったのかはっきりさせてくる。場合によっては出るところに出る。卓を死に損なんかにさせない。このままにしてたまるか。きっちり罪を償わせてやる。だから暴れるのはやめろ。卓が」

光治は美津子を抱きしめる腕に力を込めた。

「卓が見てる」

美津子の動きが止まった。美津子はゆっくりと後ろを振り返り、光治の背後にある卓の仏壇を見た。その目に涙が溢《あふ》れてくる。美津子は光治の手を払いのけると、仏壇に駆け寄り白い布に包まれた箱を抱きしめた。美津子が側に置きたいと望み、納骨せずにいた卓の遺骨だった。

「卓……」

美津子の息子を呼ぶ声と嗚咽《おえつ》が部屋に響く。光治は床に落ちて、しょうゆで汚れた紙を拾いあげた。もう一度、文面を読み返す。不起訴、という字に胸が激しく波打つ。

何故だ！

心で叫ぶ。

島津は子供の命を奪った罪人として世間から非難を浴び、責められ、罪を背負いながら、一生を過ごすべきだ。なのに、どうして罰せられないのだ。

不起訴になったと知ったとき、島津はどう思ったのだろう。やれやれと胸をなでおろし、家族や友人と祝杯でもあげたのだろうか。美味《うま》い飯を食い、安堵《あんど》の眠りについたのだろうか。

事故の後、相手の男は線香の一本もあげに来なかった。謝罪どころか、詫《わ》び状すらよこさない。家に来るのは保険会社の人間だけで、その男もこちらの立場を気遣うどころか、一方的に数字の話だけをする。光治は男の胸ぐらを摑《つか》んだ。金の話なんかどうでもいい、卓の命を奪った奴を連れて来て土下座させろ、と追い返した。しかし、その後も男が顔を出すことはなかった。

身体の奥から怒りが込みあげてくる。四十三年間生きてきて、はじめて経験する感情だった。相手を殺したくなるほどの怒りが存在することを、光治ははじめて知った。

光治は通知書を、力任せに引きちぎった。

奴はいったいどのような供述をしたのか。このままになどさせない。

翌日、光治は午前中の診察が終わるのを待って、地検に電話を入れた。通知書に記載されていた事件番号を伝え、相手の供述調書を閲覧するにはどのような手続きを踏めばいいのかを尋ねた。対応した女性の返答は、事務的なものだった。

「不起訴処分になった事件の関係書類は、原則として閲覧できないことになっております」

光治は耳を疑った。

「私は被害者の父親ですよ。遺族に見せられないとはどういうことですか」

自分の息子が殺された事故なのに、なぜ親が書類を見ることが出来ないのか。事故の原因は相手の信号無視と飲酒による過失なのに、なぜ不起訴になるのか。相手の男は警察でどのような供述をしたのか尋ねる。

「私には、それを知る権利があります」

光治の訴えに、女性は抑揚のない声で答えた。

「そのような規則になっておりますので」

「そんな理不尽な話があるか」

女性とのやり取りは、二十分以上に及んだ。納得のいく説明がない限り電話を切らないつもりだった。光治の考えを悟ったのだろう。女性は、窓口が込み合ってきたから詳しい話は直接窓口でお聞きします、と言って電話を切った。明らかに嘘とわかる便宜だった。

電話を切られたあと、光治は地検の電話番号をもう一度押そうとした。しかし、止めた。あの対応では、何度電話をかけても同じだ。直接、訴えに行っても、門前払いは目に見えている。地検では埒《らち》が明かない、そう思った。

幸い午後は休診だった。光治は白衣から私服に着替えると、駐車場に止めてある自分の車に乗り込んだ。

国道を走り、県警に向かう。地検が駄目なら警察に訴えようと考えたのだ。

駐車場に車を止め、まっすぐ受付に向かう。受付の女性に事件番号を伝え、事故の担当者への面会を申し込んだ。女性は身分証明書の提示と、苦情申請の申込用紙への記入を求めた。用紙には申請者の住所氏名、そして、苦情内容を記載する欄があった。すべてを記入し、女性に乱暴につき返した。

「ひとりの人間が死んでいるんです。しかも、目撃者が信号無視と飲酒運転だったと証言している。それなのに、どうして不起訴なんですか。相手は何と供述したんですか」

怒声にも似た声に、ロビーにいる人間たちの目がこちらに注がれる。光治はかまわずに訴えた。

「どんな取調べをしたのか知りたいんです。すぐに、事故の担当者を連れてきてください」

迫力にたじろぎながら、女性はソファにかけて待つように指示した。光治はソファに座らず受付の前に立ったまま、女性がどのような対応をするのか見ていた。女性は迷惑そうな顔をしながら内線電話の受話器をあげた。

「すみません、受付です」

相手が出たようだ。女性は事件番号を伝えて、事情を説明した。その後、沈黙が続いた。相手が待たせているようだ。女性はしばらく曖昧《あいまい》な相槌《あいづち》を打っていたが、わかりました、と言うと受話器を置いてすまなそうに言った。

「大変申し訳ありませんが、特別な事情がない限り、担当者に会うことは出来ないことになっております」

地検と同じような対応に、頭に血がのぼった。受付に身を乗りだし、女性に詰め寄った。

「特別な事情って何ですか。被害者の親が事故の詳細を知りたいと言っているんですよ。これが特別な事情じゃなくて何だと言うんですか」

女性が身を引く。

「個人的な要望はお引き受け出来ないことになっております。それに、検察の決定に不服がある場合こちらではなく、然《しか》るべき場所にご申請ください」

って無駄だ」

「然るべき場所ってどこですか。検察審査会に行けってことですか。そんなことをした

受付に光治の怒声が響く。

検察審査会という機関があることは新聞などで知っていた。事件の不起訴判断を不服とする者の求めに応じて、判断の妥当性を審査する場所だが、実際は検察審査会が行った議決に拘束力はなく、審査された事件を起訴するかしないかの判断は検察官に委《ゆだ》ねられる。審査会が「不起訴不当」と議決した事件であっても、起訴されない場合も少なくない。マスコミも時折、検察審査会の意義問題をとりあげていた。しかし、今の時点においては明確な打開策は打ち出されていなかった。

しかも、今回は唯一の目撃者である直樹の証言が認められていない。被疑者が飲酒運転で赤信号を無視して交差点に突っ込んできたという明確な証拠がないまま検察審査会に申し立てても、不起訴不当と議決される可能性はまずない。そのような現状で検察審査会に申し立てても島津が起訴される可能性は皆無に等しい。とにかく今は、卓を轢《ひ》き殺した相手がどのような供述をしたのか、なぜ、事実が捻《ね》じ曲がってしまったのかを探るほうが先決、と考えた。

光治は受付に身を乗り出した。

「担当者はいるんだろう。ここに連れてくればいいだけのことだ。あとは私がそいつと話す。会うまでここを動かないからな」

光治を遠巻きに、野次馬の輪が出来る。女性はなんとか説得しようと、同じ言葉を繰り返す。それでも光治は引かない。担当者を呼ぶように女性に食ってかかる。

努めて冷静を保とうとしていた女性の声に苛立《いらだ》ちが混じってきた頃、通路の奥から署内の警官が駆けつけた。

ふたりの警官は光治を間に挟むと、光治の腕を両側から捩《ね》じ上げた。

思わず声が出た。

警官は迷惑な来訪者を、力ずくで出口へ連れていこうとする。光治は腕を振り回して抵抗した。

「放せ、担当者に会わせろ。会うまで諦《あきら》めないからな」

「おとなしくしろ」

警官が叫ぶ。

揉《も》み合っていると、背後から低い声がした。

「放してやれ」

警官の動きが止まる。

後ろを振り返ると、ひとりの男が立っていた。五十はとうに回っているだろうか。くたびれたスーツに、捩れたネクタイ、ごま塩のひげが中途半端に伸びている。寝起きのような風貌《ふうぼう》だ。背広の胸についている名札に、丸山《まるやま》とある。

光治は男を睨《にら》みつけた。

「あんたは」

身元を聞かれた男は氏名ではなく、自分の立場を名乗った。

「あんたが会いたがっている人間だ」

こいつが。

光治は丸山を凝視した。

受付の女性が丸山に駆け寄った。

「丸山さん、困ります」

困る。その言葉に腹の底が熱くなった。段取りを踏もうが踏むまいが、警察は最初から担当者に会わせるつもりなどなかったのだ。

「いい、俺が責任をもつ」

丸山が答える。

光治の腕を摑んでいる警官の手が、わずかに緩んだ。その隙をついて、光治は警官の腕から自分の手を引き抜くと、丸山に駆け寄った。

「あんたが事故の担当者か」

「そうだ」

光治は鼻先がつくぐらい、丸山の顔に自分の顔を近づけた。

「だったら知っているはずだ。息子の事故は明らかに相手の過失だ。それが、なぜ不起訴なんだ。いったい警察はどんな取調べをしたんだ」

丸山は光治を見ながら無表情に答えた。

「あの事故の原因は、相手の過失じゃない。おたくの息子さんの信号無視だ」

光治は愕然《がくぜん》とした。

「卓の信号無視だって？」

丸山の答えは、二度目も同じだった。

「そうだ、おたくの息子さんの過失だ」

馬鹿馬鹿しすぎる答えに、失笑が漏れる。

「相手がそう言ったのか？　そんな見えすいた嘘を、警察は鵜《う》呑《の》みにするのか」

卓は幼稚園の頃、交通事故に遭っていた。道を歩いていたとき、横から飛び出してきた軽乗用車とぶつかったのだ。原因は相手の前方不注意で、そのときは擦り傷と打撲で済んだが、事故の恐怖は卓の心に鮮明に残った。それから卓は、神経質なほど車には気をつけていた。その卓が信号無視をするなどありえない。

光治は丸山に向かって叫んだ。

「卓が信号無視をするはずがない！」

丸山は表情を崩さない。冷淡に光治の訴えを否定する。

「雨が降っていた。急いで家に帰ろうとしていた。そのため、信号を見過ごしたということもある」

「あの道路は何度も塾に通っていた道だ。見過ごすなんてありえない」

丸山は関心がなさそうに、鼻の頭を指で掻《か》いた。ぞんざいに見える仕草に、頭の血が沸騰した。光治は丸山の胸倉を、思い切り摑《つか》みあげた。

「酔っ払いの言い分を、警察は信用するのか！」

警官が光治を取り押さえようと動きかける。そのふたりを、丸山は目で制した。丸山は胸倉を摑まれたまま光治に言った。

「飲酒はしていなかった」

「なに」

「相手は酒など飲んでいなかったんだよ」

光治は呆然《ぼうぜん》とした。

「酒を飲んでいなかったって？」

「ああ、そうだ」

光治は激しく首を横に振った。

「ふざけるな。目撃者がいるんだぞ。こっちの信号はたしかに青で、向こうの信号が赤だった、車から降りてきた男の息が酒臭かった、と証言している。飲酒運転をしていたことははっきりしている。それがなぜ飲んでいなかったことになるんだ」

「目撃者ってのは、被害者の友人とかいう子供だろう。事故のあと調書をとったが、曖《あい》昧《まい》な記憶で信用性がなかった。それに、事故後、相手の取調べをした記録にも飲酒の事実はない」

顔が一気に熱くなった。

「相手が公安委員長だからかばうのか」

「関係ない」

丸山はどこまでも白を切る。光治は丸山を、さらに締めつけた。

「お前ら、みんなグルだ！　身内をかばいやがって。公安委員長を助けたお返しに何をもらうんだ。二重帳簿を見逃してもらうのか。それとも市民からの苦情を内々に処理してもらうのか」

丸山はされるがままの状態で、上から光治を見下ろしている。顔色ひとつ変えない態度が、怒りの炎に油を注いだ。光治は丸山の横っ面を、思い切り殴りつけた。

丸山は床に倒れた。

野次馬の女性が悲鳴をあげる。警官が叫んだ。

「いい加減にしろ！　傷害の現行犯で取り押さえるぞ」

丸山からむりやり引き剝《は》がされる。丸山は床から身を起こすと、口端を手の甲で拭《ぬぐ》った。

「痛《いて》えな」

丸山の手に血がついていた。丸山はのろのろと立ち上がる。

「俺を殴って気が済んだか。だったら帰れ」

「逮捕しないんですか？」

警官のひとりが驚いて尋ねた。捩れたネクタイを適当に直しながら、丸山は答えた。

「逆恨みなんてのはよくあることだ。いちいち逮捕していたら拘置所が満杯になっちまう」

逆恨み。

その言葉に光治は、再び丸山に摑みかかろうとした。

「逆恨みなんかじゃない。お前らが嘘をついてるんだ。寄ってたかって息子のせいにしやがって――」

警官が力ずくで止める。騒ぎを聞きつけた署内の人間が、次々と集まってくる。その中に、一見して管理職とわかる男がいた。仕立てのいいスーツを着込み、黒光りする革靴を履いている。丸山とは対照的ないでたちだ。

「何の騒ぎだ」

男が叫ぶ。男は丸山の姿を見つけると険しい顔をした。

「どうしてお前がここにいるんだ」

続いて受付の女性を見る。女性は何かを否定するように首を横に振った。

「私は課長の指示どおりに」

そこまで言って、はっとして口を噤《つぐ》む。

光治は察した。この男が自分と丸山を会わせるなと指示を出したのだ。

男に足を向けた。丸山を殴った拳《こぶし》を、男に振り下ろすためだ。男は、ぎくりとして身を引いた。

丸山が警官に叫んだ。

「こいつをすぐに放り出せ」

腕を掴む警官の手に力がこもる。強い力で後ろに引き戻された。

「放せ！」

取り囲んでいた野次馬が、道をあける。警官は力ずくで、光治を出口へ連れていく。

光治の気迫に臆《おく》して決まり悪かったのか、男は顔を真っ赤にして怒鳴った。

「おい待て、丸山。そいつが騒ぎの張本人だろう。これだけの騒ぎを起こして、そのまま帰すのか」

男の声に警官の足が止まる。その足を丸山の怒声が促した。

「いいから、連れていけ！」

丸山の迫力に圧《お》された警官は、指示に従う。

光治は身を捩《よじ》り激しく抵抗する。しかし、日ごろ柔剣道で鍛錬している相手にかなうはずもない。容易《たやす》く外へ連れていかれた。

扉を出るとき、背中を押された。弾みで地面に倒れた。すぐに立ち上がり叫んだ。

「まだ、話は終わってない」

署内へ戻ろうとする光治の前に、丸山が立ちはだかった。階段の上から見下ろしている。

「お前さんが捕まったら、奥さんはどうなる」

光治は、はっとして立ち止まった。

「お前さんがいなくなったら、奥さんはひとりになっちまう。それでもいいのか」

脳裏に美津子のやつれきった姿が浮かぶ。美津子の落ち込みは、日を追うごとにひどくなっていた。何を見ても卓を思い出し、偲《しの》び、泣き崩れる。ときには、あの世であの子が淋《さび》しがっているから私も行こうかしら、と卓の遺影を眺めてつぶやくこともある。自分が数日でも家を空けたら、何をするかわからない。今、美津子の側を離れるべきではない。

光治の握り締めていた拳が、だらりと下がる。丸山は踵《きびす》を返した。

「ここで騒いでも、あんたにいいことなんかない。悪いことは言わない。もう帰れ」

そう言い残し、丸山は建物の中に戻っていく。警官もあとに続く。

外にひとり取り残された光治は、怒りと悔しさに身を震わせながら、しばらくのあいだ立ち尽くしていた。

しかし、光治は諦《あきら》めなかった。逆に、身内の不祥事を隠蔽《いんぺい》しようとする警察の意図が明確に見えたことで、卓の無実を立証し相手に罪を償わせてやる、という決意が新たに固まった。

まず、目撃者探しからはじめた。直樹以外の目撃者がいれば、事故の真相究明に繫《つな》がると考えたからだ。

事故現場に、卓の写真と事故の詳細を記したポスターを貼り、街頭で『目撃者求む』と印刷したチラシを配布した。日中は美津子が街頭に立ち、夜は光治が立った。道行く人の反応はさまざまだった。気の毒そうにチラシを持ち帰る人もいれば、無関心に手を振って断る人間もいた。

目撃者を探しつつ、民事訴訟も考えていた。事故の関係書類を手に入れるためだった。民事訴訟に関する本や交通事故被害者の手記を読んで、民事に持ち込めば参考資料として事故の関係書類を入手できる可能性があることを知った。

一番手に入れたいのは供述調書だった。光治は警察から追い出された後日、再び地検に赴いた。卓が死んだ事故の実況見分調書を閲覧するためだ。供述調書は無理だが、実況見分調書ならば、わずかな手数料を払えば閲覧やコピーをするのは可能だ。

事故現場の見取り図ともいえる実況見分調書には、事故直後の現場の痕跡《こんせき》が記されている。例えば、スリップ痕やタイヤ痕、血痕やブレーキ痕である。交通事故捜査の要《かなめ》ともいえる重要な書類だ。そこに何か、卓の無実の罪を晴らす手がかりがあるのではないか、と思った。しかし、事務官が持ってきた実況見分調書は、子供でも書けるような落書きまがいのものだった。書類に記載されていた、事故現場での島津の供述も簡単な箇条書き形式のもので、詳しいことは書かれていなかった。

実況見分調書のすべてが事実に基づき、詳細につくられているわけではない。目印になる電柱や家の外壁から、正しい距離を測定して正確な位置が明記されているものもあれば、位置も特定されておらず、現場の写真がまったく残されていないものもある。卓の場合は後者のもので、これだけでは事故の詳細はわからなかった。

やはり、島津の供述調書が必要だ。島津の供述調書が手に入れば、島津が警察でどのような供述をしたのか、そして、警察がどんな捜査をしたのかがわかる。島津と目撃者である直樹の証言との相違や、ずさんな調書作成が明白になれば、地検が新たに捜査をやり直してくれるかもしれない、と光治は考えた。

だが、相談した弁護士は気難しそうな顔をして、訴訟を起こすのは難しいと答えた。民事訴訟は、主に財産や身分関係に関する紛争などを対象としている。卓の事故の場合、相手は慰謝料を支払う意思はある。何の問題もない。それに、訴訟を起こす場合、法廷で争う事柄に関しての重要な事実とそれを立証できる証拠が必要だ。それがなければ、訴訟を起こすのは、極めて難しいという。

今回の事故において法廷で争う事柄というのは、被害者には過失がなかった、事故は加害者の過失によるものだった、とする事実だが、それを立証するのは直樹の証言しかない。光治がそう説明すると弁護士は、物的証拠を伴わない目撃証言だけでは訴訟を起こせない、うちでは扱えないからほかをあたってくれ、と言って、相談料だけ受け取った。

その後、他の弁護士を数人あたった。しかし、どこも同じ対応だった。

三人目の弁護士を訪ねたあたりから、光治は違和感を覚えた。どの弁護士たちも態度があまりにそっけない。いくら立証が難しい事故だとしても、もうすこし親身になって相談に乗ってくれてもいいように思う。しかし、その違和感の正体は、最後に訪ねた七人目の弁護士が口にしたひと言で解けた。

年配の弁護士は、依頼を受けてほしい、と頭を下げる光治に、どこを訪ねても無駄だから諦めたほうがいい、と言った。光治が、どういう意味か、と尋ねると、「長年、こういう仕事をしていると、さまざまなケースの事件や事故を扱う。その中のひとつに、事件そのものよりも相手に問題があるケースがある。そういうケースは解決が難しい。相手を恐がって誰も手を出さないからだ」と言った。

耳を疑った。相手が悪いから諦めろ、ということだった。

弁護士は無駄足を踏む光治を、親切心から諦めさせようとしたのだろう。しかし、光治にとってそれは逆効果だった。島津と警察は権力を使い、自分たちの不利になる事件を揉《も》み消そうとしている。卑劣極まりないやり方に新たな怒りを覚えた。過失の濡《ぬ》れ衣《ぎぬ》を着せられたまま葬られた息子が、不憫《ふびん》でならなかった。

光治は諦めきれず、最終手段として告訴を考えた。警察や検察に捜査のやり直しと相手の処罰を求める申請をするのである。しかし、これも民事訴訟と同じで、相手の過失を裏付ける証拠がなければ、取り合ってはもらえないものだった。

この時点で、卓の無実の罪を晴らす手立てはなかった。しかし、光治は諦めなかった。いや、諦められなかった。証拠に結びつく欠片《かけら》でもいい。それさえ手に入れば、告訴できる可能性はある。そう信じて、目撃情報を探し続けた。特に事故が起きたときと同じ雨の日には、車を出来る限り止めてチラシを配った。だが、有力な目撃情報は得られず、時間だけが過ぎていった。

事故から時が経つにつれ、事故があったことすら忘れている人間が次第に増えていった。こんな事故あったかしら、と首をひねる歩行者が日を追うごとに目立ってくる。事故当時、協力してくれていた学校の保護者たちもひとり減りふたり減り、一周忌を過ぎる頃には誰もいなくなった。

人間の感情は良くも悪くも長続きしない。

それは光治にも言えることだった。どんなに強い気持ちを持っていても、長い間、望みが叶《かな》わないと、絶望という感情が頭をもたげてくる。絶望は諦めを生む。事故から三度目の梅雨が訪れた頃には、光治の中にも諦めに近い感情が芽生えはじめていた。

それは美津子も同じようだった。しん、と静まり返ったリビングで夕食を摂《と》っていると、突然、力尽きたように箸《はし》を置き、もう駄目よ、とつぶやく。何が駄目なのか、と尋ねると、こんなこと続けても無駄よ、卓の汚名を雪《すす》げないわ、と俯《うつむ》く。路上でチラシを配っても意味はない、卓は濡れ衣を着せられたまま終わるのよ、と激しく泣き出す。

事故があった当時なら、そんなことはない、必ず目撃者は現れる、こんな不条理なことが世間に通用するものか、絶対に諦めては駄目だ、と励ますことが出来た。しかし、時が過ぎるにつれ、口にする慰めの言葉も自分自身にすら白々しく聞こえるようになっていた。心の中のもうひとりの自分が、「美津子の言うとおりこんなことを続けても無駄だ。いくら足掻《あが》いても、警察という権力によって真実は深い泥の中に埋めこまれ、光を見ることはない。卓の汚名を雪ぐことは出来ないかもしれない」と言っていた。

卓の七回忌が来るまでは。

5

真生は証人席に立つ女性を眺めた。

むらなく染めた栗色の髪を、後ろできれいにまとめあげている。太り気味の身体は上質なスーツに包まれ、首や耳には、見るからに高価そうなアクセサリーがぶら下がっている。豊富にある財産と時間で、人生の余暇を楽しんでいる類《たぐい》の人種だ。

真生は女性の名前を呼んだ。

「宮本良子《みやもとよしこ》さん」

小首を傾げるように、宮本は真生を見た。

「宮本さんが被告人と被害者に、最初に会ったのはいつですか」

真生が尋問をはじめる。宮本はゆったりとした口調で答えた。

「昨年の七月です」

「どこで知り合ったのですか」

「通っていた陶芸教室です」

「島津陶芸教室ですね」

宮本はうなずいた。口調だけではなく、動作もゆったりとしている。真生は質問を続ける。

「通っていた、ということは、今はもう通っていない、ということですか」

はい、と答えると、宮本は大きくうなだれた。

「このような事件があったあとでは、続ける気になれませんでしたし、夫や子供たちからも辞めるように勧められましたから」

残念でしょうがない、とでもいうような風情だった。

真生は手元の書類に、目を落とした。

「ふたりは、教室でどのような様子でしたか」

宮本は伏せていた顔をあげた。

「とても親しげでした」

「親しげ、というと」

そんなこともわからないのか、というような目で、宮本は真生を見た。

「だから、とても仲がよかったということです」

「それは、ほかの生徒とは、明らかに違う様子だった、ということですか」

真生はわかりやすく嚙《か》み砕いた。

「そうです」

満足したように、宮本は微笑んだ。

「状況を具体的に話してください」

宮本は手にしていたレースのハンカチを握り締めると、前を見据えた。

「島津先生はことのほか美津子さんに目をかけていました。最初は美津子さんが勉強熱心だから、先生もその気持ちに応《こた》えようとしているんだろうなって思っていました。でも、あるときから、そうではない、と思うようになりました」

真生は間を置いて、聞き返した。

「それは、どういう意味ですか」

宮本は言いづらそうに、口ごもった。

「ふたりの親密さは講師と生徒のものじゃなくて、男と女の親密さなんじゃないか、ということです」

「どうして、そう思ったのですか」

宮本の目に、生き生きとした光が宿った。

「私、見たんです」

「何を、見たのですか」

「美津子さんが、自分の膝《ひざ》を先生の膝に擦《す》り寄せるのを」

法廷内が息をのむ気配がする。

真生は軽く首を横に振って、否定的な仕草をした。

「何かの弾みで、脚が触れたのかもしれません」

自分の証言を否定されたことが癪《しゃく》に障ったのだろう。宮本はあからさまに、眉間《みけん》に皺《しわ》を寄せた。

「ほかにもいろいろ見ています。美津子さんが島津先生の手に触れていたとか、島津先生が美津子さんの耳元でこそこそと何か囁《ささや》いていたとか、細かいことをあげたら切りがないくらい、たくさんあります」

それに、と宮本は言葉を続ける。

「人は他人との間に、距離をとっています。普段は意識していないけれども、人って自然と間合いを計っているものじゃないですか。でも、ふたりの距離は他人のものではありませんでした。その近さは、教室にふたりだけだったら、今にも抱き合うんじゃないかって思うくらいのものでした。あれは、講師と生徒の距離じゃありません。男と女のものです。私にはわかります」

最後の言葉には、絶対に間違いない、という確信が込められていた。

真生は肯定も否定もせず、質問を続けた。

「ふたりは男女の仲だった、そう言い切れる根拠がほかにありますか」

「あります」

宮本がきっぱりと答える。真生は目で続きを促した。

「私、美津子さんから直接聞いたんです。先生と付き合ってるって」

「詳しく教えてください」

　宮本は深く息を吸った。

「美津子さんと私とほかの生徒さん数人で、教室が終わってから近くの喫茶店でお茶をすることがあったんです。毎回ではないけれど、二回に一回はお茶を飲んでいたかしら。最初は他愛《たわい》もないおしゃべりだったんですけど、あるとき、ひとりの生徒さんが先生と美津子さんの仲を冷やかしたんです。島津先生は美津子さんがお気に入りよね、とか、すごく親密で恋人同士のようだって。私、ドキッとしました。だって、それは誰もが聞きたくて聞けないことだったんですから」

「ということは、ふたりの様子がおかしいと気づいたのは宮本さんだけではなく、教室の生徒のほとんどが気づいていた、ということですね」

　宮本は強い視線で真生を見た。

「気づかない人がいたら、よほどの鈍感だと思います」

　真生は無表情のまま、書類の文字を目で追う。

「話を続けてください」

　昂奮《こうふん》しているのか、宮本の頰が紅潮している。宮本は証言を続けた。

「正直、私はわくわくして美津子さんの答えを待ちました。だって、やっぱりふたりがどういう関係なのか興味がありますからね。美津子さんは紅茶を飲みながら小さく笑って答えました。その答えを聞いて、そこにいる誰もが驚きました」

真生は顔をあげた。

「どのような答えだったのですか」

「彼女、あら気づいていたの、って言ったんです」

「肯定したんですね」

宮本はちょっと首を捻《ひね》ってから、たぶん、と答えた。

「美津子さんが何て言ったのか、言葉はよく思い出せないんですけれど、否定しなかったことは覚えています」

なるほど、と真生がつぶやく。宮本は言葉を続けた。

「そのあとも、みんな興味津々で、デートしたことがあるのか、とか、ご主人は知っているのか、など、美津子さんを質問攻めにしました。特に、佐々木《ささき》さんが熱心で身を乗り出して聞いていました」

「佐々木さん？」

はじめて聞く名前だった。真生は佐々木という人物について尋ねた。

宮本の表情が、もっと生き生きとする。

「教室に長く通っている生徒さんです。私と同じで、このあいだ還暦を迎えたんですけど、佐々木さんはずっと島津先生に好意を持っていたんです。私に、島津先生とだったら浮気してもいいわ、って言っていたこともあるくらいでした。それなのに、島津先生が自分じゃなくて美津子さんに興味を持ったものだから、面白くなかったんでしょう。目を吊《つ》り上げて、根ほり葉ほり聞いていました。美津子さんはみんなからの質問を、微笑みながら聞いていました。あの笑みは、何ていうのかしら。女の余裕とでも言うのでしょうか」

宮本はそのときの様子を、息をつく間もなくしゃべり続ける。いつもこのような感じで、人のうわさ話をしているのだろう。宮本の話がさらに加速しかけたとき、裁判長の寺元が口を挟んだ。

「証人は聞かれたことだけ答えてください。検察官は質問を変えて」

やっと失態を演じたことに気づいたのか、宮本はもじもじしながらハンカチで口を押さえた。真生は寺元に軽く頭を下げると、宮本に向き直った。

「その光景を見て、宮本さんはどう感じましたか。やはりふたりは関係があったと思いましたか」

宮本は深くうなずいた。

「そうでなければ、女はあんな表情はしません。私、羨《うらや》ましかった」

「羨ましい」

真生は書類から目をあげて、怪訝《けげん》そうに宮本を見た。

先ほどの失態をもう忘れたのか、宮本は世間話でもしているような口調で真生に答えた。

「だってそうでしょう。ご主人とふたり暮らしで、ご主人は個人事業主……ああ、私がご主人がお医者様だったと知ったのは、事件の後でした。でも、企業の経営者もお医者様も、お金に困るお仕事じゃないことに変わりはありませんでしょう。いい暮らしをして、趣味の教室に通い、恋愛も楽しんでいる。幸せな人だなって思いました。まあ、私も主人が会社役員をしておりますから、別に生活に困っているわけではないんですけれど、子供もいるし親もまだ存命しております。教育資金や親の介護費など、かかるものはかかりますでしょう。そういう者から見れば、美津子さんの暮らしは恵まれたものに見えました。それは、あの場にいた誰もがそう思っていたと思います。でもね、まさか美津子さんがこんな境遇の人だったなんて、世の中わからないものですね。私の知人にも、一見、裕福そうな人がいますけれど実は……」

先ほど注意されたことをすでに忘れたのか、聞かれもしないことを、宮本は延々と語り続ける。このまま誰も止めなかったら、一日中でも話し続けるような勢いだ。

寺元が机に身を乗り出した。再三、注意しようとしているのだ。その前に、真生が宮本を止めた。

「これで、証人尋問を終わります」

6

美津子が身体の不調を訴えたのは、卓の七回忌が近づいた頃だった。

自室で本を読んでいると、美津子が部屋に入ってきた。表情がすぐれない。

この頃の美津子は、事故当初のように、一日中泣きはしなくなったが、心の底から笑うこともなかった。いつも暗い表情をして、リビングのソファに座っている。しかし、このときの美津子の表情は、普段にもまして沈んでいた。

理由を聞くと、背中が痛いと言う。熱を測ると微熱があった。いつからこのような症状があるのかと尋ねると、背中の痛さはもう半年以上で、熱は背中が痛み出したあたりから、ひと月に一度くらいの間隔で出ていると言う。熱は高くは上がらず、微熱のまま一週間ほどで下がる。しかし、また翌月になると出るのだ、と言った。

微熱が断続的に出る症状は、あまりよくない。その日は常備している解熱剤を服用させて床につかせたが、翌朝、診察がはじまる前に、自分の病院でエックス線撮影を受けさせた。

結果はその場で見せなかった。現像に時間がかかるから家に帰ってから話す、と嘘をついた。

美津子がクリニックを出ると、すぐに画像を現像した。まだ、看護師たちは出勤していない時間だった。ひとりきりの診察室で、美津子の胸の中を見た。嫌な予感はあたった。胸部の中央に白い影があった。十二×八センチ。大きい。

すぐに村瀬《むらせ》に電話をした。大学時代の同期で、大学病院で内科医を務めている男だ。村瀬は、診察日の予約を入れておくから奥さんを連れて来い、と言った。光治は、病院には美津子ひとりで行かせる、と答えた。美津子は勘がいい。光治が一緒に行くと言えば、ただごとではないと察するだろう。

そう伝えると村瀬は、結果はどうする、と尋ねた。薬で治る病気ならば、患者に正直に話しても差し支えない。しかし、命に関わるような所見が見られた場合、本人に伝えるか否かどうする、と言いたいのだ。

光治は、妻には伝えないでほしい、と言った。どのような結果でも、まず自分に包み隠さず話してほしい、妻にどう伝えるかは自分が考える、と答えた。

村瀬は、わかった、と返事をすると、とにかくあまり悪く考えるな、単なる疲労だってこともあるさ、と言って電話を切った。

その夜、自宅に戻ると、美津子にさりげなく大学病院に行くように勧めた。大きな病院を勧められたことに戸惑ったのだろう。美津子は不安げに光治を見た。

光治は無理に笑顔をつくり、俺のようなやぶ医者より村瀬のような優秀な奴に診てもらうほうがいいんだよ、と言った。美津子は探るような目でしばらく光治を見ていたが、光治が夕食の催促をすると、それ以上何も言わずキッチンに入っていった。

村瀬から連絡があったのは、卓の七回忌の前日、美津子が村瀬を訪れた日の午後だった。法事の段取りを確認し準備を済ませて自室で休んでいると、携帯の着信音が鳴った。待っていた連絡だった。電話に出ると村瀬は、前置きもなく、なるべく早く話を聞きに来い、と言った。医師が事を急ぐということが、どういう意味を持つことなのか、光治は知っている。

顔面に痺《しび》れが走り、目の前が大きくぐらついた。落ち着け、と自分に言い聞かせる。

「そんなに悪いのか」

廊下に漏れないように、声を潜める。電話の向こうに沈黙が広がる。村瀬は戸惑っているようだった。電話で伝えていいものかどうか、迷っているのだろう。光治は、自分も医師の端くれだ、口頭での説明で病状はおおよそ理解できる、と言った。

意を決したように、村瀬は病名から切り出した。

胸腺癌《きょうせんがん》。肺と心臓の間を通る胸腺に出来る癌で、発症率がすべての悪性腫瘍《しゅよう》の約〇・二パーセントから一・五パーセントと、比較的まれな腫瘍だった。

ひと昔前と違い、今は癌が死刑宣告になる時代ではない。発見が早ければ、完治する病気にもなってきている。しかし、胸腺癌は完治が難しい病気だった。外科手術を行っても、血管が入りくんでいる部位だけに、腫瘍をすべて取りきることが困難だった。放射線治療も臓器がじゃまをして直射が難しい。しかも、美津子の場合、広範浸潤型ですでに腎臓《じんぞう》に転移が認められていた。

「とにかく、今すぐ入院させろ。出来る限りの治療はする。俺に任せろ」

有無を言わせない強い口調で、村瀬が言う。そのとき、部屋のドアが開いて美津子が入ってきた。光治は村瀬からの電話だと気づかれないように、適当に相槌《あいづち》を打って電話を切った。

光治は椅子ごとドアに振り返った。

「どうした」

美津子は低い声で尋ねた。

「今の電話、村瀬さん？」

やはり美津子は勘がいい。とっさに嘘をついた。

「いや、仕事の電話だよ」

病気のことを美津子に伝えるべきか、考えが纏《まと》まっていなかった。動揺を悟られないために話を逸《そ》らす。

「明日の七回忌のことか」

美津子は光治の目をじっと見つめた。瞳《ひとみ》の奥を探るような視線に戸惑う。

「用事がないなら早く休んだほうがいい。明日は忙しいからな」

光治は視線を逸らし、美津子に背を向けた。

美津子が背後に近づく気配がした。振り返ろうとした肩に、手が置かれた。添えるように置かれただけなのに、なぜか重みを感じる手だった。後ろを振り向き美津子を見た。

逆光で表情がよく見えない。

名前を呼ぼうとしたとき、美津子が微笑む気配がした。

「明日、直樹くん参列してくれるって」

久しく聞かなかった名前に、思わず目を細めた。

「そうか。来てくれるか」

卓の親友であり、事故の唯一の目撃者である少年の顔を思い出す。光治の脳裏に浮かんだ直樹は、最後に会った小学生のままだった。彼に会うのは、卓の一周忌以来になる。

あの事故は卓の命を奪うとともに、目撃者の少年の心にも深い傷を残した。目の前で自分の親友が死んだ出来事は、多感な少年の心のバランスを崩し、精神を不安定にさせた。

直樹がメンタルクリニックに通っていることを知ったのは、卓の一周忌の席だった。

光治が警察も弁護士も信用できないと悟り、自分で卓の無実の罪を絶対に晴らす、と新たに決意した頃だ。

法事に訪れた直樹と母親に、これからも卓の無実の罪を晴らすために協力してほしい、と懇願した。直樹の母は光治を通路に連れていくと、息子をそっとしておいてやってください、とつぶやいた。

母親の話によると、直樹は事故のあと車を異常に恐がるようになり、ひとりで外を歩けなくなったという。誰かと一緒でないと、登下校も出来ない。頻繁に夜尿を繰り返すようになり、ときには、夜中にいきなり飛び起きて泣き叫ぶこともあるようだ。

もう、事故のことを忘れさせてやりたいんです、そう言って母親は、光治に頭を下げた。

頭に血がのぼった。自分の息子さえよければ卓のことなどどうでもいいのか、と叫びたくなった。しかし、身体を二つに折り曲げて、肩を震わせている母親を見ているうちに、その言葉は胸の奥に沈んでいった。

事故の関係者で無傷だった者はいない。被害者は死亡した人間とその身内だけではなく、目撃者やその家族もまた被害者なのだと思った。

自分の子供の幸せを一番に考えるのは、親として当然のことだ。直樹の母親が悪いわけではない。自分が彼女の立場だったら、同じことをしただろう。光治が卓を守りたいと思う気持ちと、母親が直樹を守りたいと思う気持ちは同じなのだ。そう思うと、母親に何も言い返せなかった。光治は頭を下げたままの母親をその場に残し、無言で立ち去った。

あれから直樹の家に、連絡を取ったことは一度もない。七回忌法要の知らせもしなかった。しかし、本当は直樹に参列してほしいと思っていた。卓の親友だった彼に、卓に会いに来てほしい、と思っていた。その思いが通じたのかもしれない。光治は美津子の手をとった。

「法事に来てくれるということは、あの事故から彼は立ち直ったのかな」

美津子は光治の問いには答えず、卓が喜ぶわ、とだけ答えた。光治の手を握り返す美津子の手は、ひんやりとして冷たかった。

翌日、息子のかつての親友は、高校の制服に身を包みセレモニーホールに現れた。

光治の前に立つ直樹は、光治の身長をゆうに超える立派な青年になっていた。運動部にでも所属しているのか、髪が短い。

「お久しぶりです」

直樹は頭を下げた。その声に、鼻の奥がツンとする。直樹の声変わりに、改めて六年という時間が過ぎたことを実感する。

あの事故がなかったら、卓も高校の制服を着て部活に入り、ガールフレンドのひとりもつくっていたのだろうか。

直樹に息子の姿を重ねて想像すると、胸に新たな、言葉にならない思いがふつふつと湧きあがってきた。

光治は目が潤まないように数回瞬《まばた》きをして、直樹の手を握った。

「よく来てくれたね。本当に、よく来てくれた」

直樹は手を取られたまま、視線を床に落とした。

「すみませんでした」

光治は、直樹の顔を覗《のぞ》き込んだ。

「なぜ、君が謝るんだい」

「母が」

そのひと言で、光治はすべてを理解した。直樹は母親の言いなりのまま、事故から遠ざかった自分を責めているのだ。

光治は首を左右に振った。

「君が謝ることじゃない。君のお母さんもそうだ。詫《わ》びるべき相手は別にいる」

島津邦明のことだった。この事故で詫びるべき相手は、奴しかいない。

直樹は光治の手から自分の手を外すと、下唇を噛《か》んで俯《うつむ》いた。

「俺、あれから何度も考えたんです。警察に行ってありのままを話したら、取調べをした刑事から、それは君の見まちがいだ、って言われて、本当に見まちがいなんじゃないかって、自信がなくなって、何度も思い返したんです」

取調べをした刑事という言葉に、丸山という男を思い出す。

光治は直樹に尋ねた。

「その刑事の名前を、覚えてるかな」

直樹は即答した。

「丸山。一緒にいた刑事がそう呼んでました。言ってることを信じてもらえなくて、悔しくて心の中でずっと、丸山の馬鹿やろう、って繰り返していたから、今でも覚えています」

直樹は光治の目を、まっすぐに見つめた。

「でも、何回、思い出してもやっぱり見まちがいじゃないんです。信号無視したのは相手のほうで、しかも酒を飲んでいた。これは絶対に間違いないんです。俺は、嘘なんかついてない。卓は奴に殺されたんだ」

搾り出すような声が廊下に響く。

しばらくの静寂のあと、卓の法事がはじまることを知らせるアナウンスが、館内に流れた。

光治は、肩を震わせて立ち尽くしている直樹の背に手を当てた。

「卓に会ってやってくれ」

直樹は無言でうなずくと、ゆっくり歩き出した。

会場に向かう光治の頭の中には、六年前に一度しか会ったことのない丸山の顔が、鮮明に浮かんでいた。

七回忌の翌日、光治は仕事を終えると、ひとりで飲みに出かけた。美津子には、急に医師仲間と飲むことになった、と嘘をついた。

店はどこでもよかった。繁華街をさまよい、賑《にぎ》やかそうな店を探した。客が多ければ、かまわれないで済むと思った。

繁華街の外れに、入り口が煉瓦《れんが》で縁取られた店があった。ドアに獅子《しし》の頭をかたどったドアベルがついている。看板に「サリュ」とある。フランス語で、救い、という意味だ。光治は店のドアを開けた。

店の中は、思いのほか広かった。間口は狭いが奥行きがある。カウンターと七つほどあるボックス席は、客で半分ほど埋まっていた。

カウンターの端に座り、水割りを注文する。つまみは頼まなかった。食欲などない。ただ、酒が飲みたかった。

グラスを傾けながら、昨日の直樹の姿を思い出した。いい青年になった、と思った。事故の辛《つら》い記憶のせいか、表情にわずかな翳《かげ》りがあるが、人をまっすぐに見るいい目をしていた。両親がどれだけ大事に育てているのか、それだけで十分にわかる。

直樹は法事が終わると、十三回忌も必ず来ます、と言い残し帰っていった。

次の法事は六年後だ。グラスを傾ける光治の頭に、ふたつの位牌《いはい》が並ぶ仏壇が浮かぶ。ひとつは卓、もうひとつは美津子だ。美津子は十三回忌には出られない。自分が撮ったエックス線と一昨日《おととい》の村瀬からの電話で、それは間違いない事実だとわかる。

光治は四杯目の水割りを頼んだ。酒の味などわからない。ホステスに話しかけられても返事をする気力もない。つっけんどんに、ああ、とか、うん、とか答える。最初は愛想をみせていたホステスも、扱いづらい客だとわかると違う席についた。

ホステスがいなくなって、心底ほっとした。今はひとりになりたかった。誰にも邪魔されずに、真実が捻《ね》じ曲げられてしまう世の中の理不尽さと、ひとり息子だけにとどまらず、長年連れ添った妻さえもあの世へ連れ去ろうとしている運命を、思う存分、呪いたかった。

グラスの中の氷を見つめる。丸山の顔が歪《ゆが》んで浮かぶ。だらしない格好に中途半端に伸ばしたひげ面、人を食ったようなふてぶてしい態度。六年前に一度しか会ったことのない男だが、今でもはっきりと思い出せた。やはりあいつが、直樹の証言を否定し事実を捻じ曲げた男だったのだ。

光治は酒を呷《あお》った。酔いたかった。ひとときだけでも、辛い現実を忘れたかった。

酔いがまわりはじめた頭に、ひときわ高い笑い声が響いた。声がしたボックス席を見ると、ひとりの男が数人のホステスをはべらせていた。手前に座っているホステスの頭が邪魔して、顔は見えない。品のないだみ声だけが聞こえてくる。男は今日のゴルフの成績を、自慢げに話していた。

男の笑い声が耳に障る。この酒を飲み干したら店を代えよう、そう決めて視線をカウンターに戻しかけたとき、手前に座っていたホステスが立ち上がった。その奥に男の姿が現れる。

男を見た瞬間、光治の身体が硬直した。

島津だった。仇《かたき》の顔を見間違えるはずがない。

息子を殺した相手が公安委員長だとわかったとき、光治はすぐにパソコンを開いた。インターネットで島津を探すためだ。島津はすぐに見つかった。公安委員会のホームページの中で、人のよさそうな笑顔を浮かべながらソファに座っていた。

島津の画像を自分のパソコンに保存した。毎晩、寝る前に画像を開き、必ずこの男を刑務所に入れてやる、と呪った。

目の前の島津は、白髪と贅肉《ぜいにく》が増えたことを除いては、六年前と何も変わっていなかった。むしろ、会話の内容や生き生きとした表情から、今の生活を謳歌《おうか》しているようにさえ見える。

ふと、島津がこちらを見た。目が合う。心臓が激しく波打つ。光治は目を逸《そ》らさなかった。真っ向から、仇の目を見返した。

自分をじっと見つめる男を不思議に思ったのか、島津は隣のホステスに何か耳打ちした。おそらく、光治のことを尋ねたのだろう。ホステスは光治を横目で見ながら、知らない、とでもいうように首を横に振った。

光治は冷笑した。島津が光治をわかるわけがない。美津子の顔も知らないはずだ。事故のあと、島津はとうとう光治のもとを訪れなかった。詫びどころか、線香の一本すらあげに来ていない。島津が光治や美津子の顔を知るはずがない。

自分とは無関係の人間だと思ったのだろう。島津は光治から視線を外すと、何事もなかったかのように酒を飲みはじめた。再び店内に、島津の笑い声が響く。

光治はカウンターに向き直ると、グラスを握り締めた。氷がカチカチと音を立てる。

この場で殴ろうか。そんな思いが頭をよぎる。

しかし、感情に歯止めをかけるだけの理性は残っていた。

美津子だった。

ここで島津を殴ることは簡単だ。あの笑い顔に、顔の形がわからなくなるまで拳《こぶし》をぶち込むことなどすぐに出来る。だが、殴ってもどうにもならない。警察に通報されて、しょっぴかれるのがオチだ。

自分などどうなってもいい。刑務所に入ったってかまわない。ただ、病に冒されている美津子にだけは心配をかけたくなかった。

もう、帰ろう。

光治は勘定を頼んだ。ウエイターが明細書を持ってくる。

島津の声など聞きたくもなかった。同じ空気を吸っているのさえ嫌だった。何より、仇が目の前にいるのに、何も出来ない自分が惨めだった。

光治は席を立とうとした。そのとき、入り口のドアが開いて、ひとりの青年が入ってきた。歳は二十代半ば。オレンジ色のポロシャツにジーンズというラフな格好をしている。胸板は厚く、何かスポーツでもしているような体格だ。

青年に気づいたホステスのひとりが、島津の肩を叩《たた》いた。

「島津さん、息子さんがお迎えにいらっしゃいましたよ」

光治は驚いて青年を見た。よく見ると、島津と目元が似ていた。島津に息子がいたとは。

青年は島津の隣に立って、酔っている島津の腕を摑《つか》んだ。

「親父、帰るぞ」

島津は迷惑そうに、自分の息子を見上げた。

「どうしてお前がここにいるんだ」

「私が呼んだの。だいぶ酔ってらっしゃるから」

店の奥から、和服姿の女性が出てきた。

「ママ」

島津が呼ぶ。ママは島津の隣に座ると、手からグラスを取り上げた。

「タクシーを呼ぶって言っても、嫌だ、っておっしゃるでしょう。息子さんなら何度かお店に一緒にいらしてるから、お呼びしても差し支えないと思ったの」

島津は子供のように口を尖《とが》らせた。

「俺はそんなに酔ってないよ。車でも帰れたのに」

ふたりのやり取りを見ていた息子が、いきなり声を荒らげた。

「何を言ってるんだよ。一度、痛い目に遭ってるのに、懲りてないのかよ」

島津は大袈裟《おおげさ》なくらい、神妙な面持ちをした。

「ああ、あれは運が悪かった。あんなことさえなければ、公安委員長も辞めなくて済んだのに」

ママはあたりを見回すと、口塞《くちふさ》ぎするように島津の腕をつねった。島津はわざとらしく痛がると、取り上げられたグラスをママの手から奪い、残りを一気に呷った。

「人間、みんな自分が可愛いもんさ。調子のいいことを言っても、いざとなると平気で人を裏切るし利用する。俺だって、ここまでになるために、どれだけ痛い目を見てきたか」

空いたグラスを、島津がテーブルに乱暴に置く。

「相手には悪いことをしたと思っている。でも、どうせ死んだ者は生き返らないんだ。生きている人間が、有利に生きる道を選んで何が悪い」

ママは、とにかく、と言うと、もうこれで終わりとでもいうように、テーブルに置かれた空いたグラスをボーイに渡した。

「うちとしては、お酒を飲んだお客様が車で帰るのを、見逃すわけにはいきません。何かあって警察にばれたら、こっちにだって、とばっちりが来るんですからね」

島津は自分の顔をママの顔に近づけると、下卑た笑いを浮かべた。

「わかったよ、ママ。店に迷惑はかけない。だから、今度ゆっくり旅行に行こう」

ママは横目で島津を睨《にら》んだ。

「調子がいいんだから。この間アクアのママと北海道《ほっかいどう》に行ったこと、知ってるんですからね」

島津は、しまった、というような顔をして、笑いながらその場を取り繕った。女に鼻の下を伸ばす父親を見慣れているのか、青年は、またか、というような顔でため息をついた。

「ほら、親父。帰るぞ」

父親の腕を取り、無理やり立ち上がらせる。島津はよろめきながら席を立つと、自分の息子に目を細めた。

「わかった、わかった。そう急《せ》かすな。次期社長」

息子とママに脇を抱えられながら、島津が店を出て行く。

島津がいなくなった店内は、一時、静かになったが、しばらくすると、潮が満ちるように、ホステスと客の笑い声が戻った。

俯《うつむ》く光治の頭の中に、島津と島津の息子、卓と美津子の四人が消えては浮かび、浮かんでは消えた。

先ほどの、島津とママと息子の会話は、何も知らない者が聞いたら何の話かわからないものだろう。しかし、光治には会話の意味がすぐにわかった。三人は六年前の事故のことを話しているのだ。やはり、卓は悪くなかったのだ。

今夜、島津に会ったことは、偶然ではないような気がした。七回忌という節目に卓が、自分と島津を引き合わせたのかもしれない。僕は悪くない、悪いのはあいつだ、と光治に訴えているように思えた。

「つくりましょうか」

カウンターの向こうから、ホステスがグラスに手を伸ばした。光治はその手を撥《は》ね除《の》けた。ホステスは怯《おび》えた顔で、叩かれた手をひいた。空《くう》を睨みつける光治の手の中で、グラスが音を立てて割れた。

グラスの破片で傷つけた手に包帯を巻き終えた光治は、自室の椅子に深く腰掛けた。見るともなしに、遠くを眺める。耳に、不起訴の通知が届いたときに叫んだ妻の声が蘇《よみがえ》る。

——あの子は死に損じゃない。

その声に覆いかぶさるように、先ほど、店で島津が言い放った言葉が聞こえる。

——どうせ死んだ者は生き返らないんだ。生きている人間が、有利に生きる道を選んで何が悪い。

父親を迎えに来た息子が、店内で口にした、痛い目、というのが、卓の事故だということは、すぐにわかった。

やはり、卓は悪くなかった。事故は島津の飲酒により、引き起こされたものだった。この悲劇はすべて、島津の過失によるものだったのだ。おそらく警察は公安委員長の島津に、何らかの不祥事を握られていたのだろう。予算の二重帳簿か、不祥事の隠匿か。島津は隠蔽《いんぺい》しようとする警察に手を貸した。その見返りが、卓の過失の捏造《ねつぞう》だったのだ。

耳に、七回忌に訪れたときの直樹の叫びが蘇る。

——卓は奴に殺されたんだ。

光治は両手で頭を抱えた。

そうだ。卓は島津に殺されたのだ。

憎い。島津が憎い。

黒髪より白髪が多くなった髪を、きつく摑む。

人の息子を殺しておきながら、島津は笑って酒を飲んでいる。跡継ぎの息子までいる。子供を失った親の気持ちなど、まったくわからないだろう。いや、島津に限ったことではない。子に先立たれる辛《つら》さは、その立場になった者にしかわからないと思う。

昼休みに休憩室で休んでいると、隣にある看護師たちの休憩室から、彼女たちの会話が聞こえてくることがある。その話題は、嫁姑《しゆうとめ》問題やテレビドラマの話、夫の不満などさまざまだが、ときに子供の愚痴もある。学校の成績が悪いとか、反抗期で手を焼いているなどと話している。

その話が聞こえてくるたびに、光治は心の中で叫んでいた。

勉強が出来なくても、親に口ごたえしてもいいではないか。君たちの子供は生きている。喧嘩《けんか》をすることも、笑い合うことも、抱き合うことも出来るではないか。

しかし、私には息子がいない。喧嘩をすることも、笑い合うことも、抱き合うことも出来ない。どんなに泣き叫んでも、祈っても息子は戻ってこない。

光治は卓を亡くしてから、通勤路を変えた。使っていた道は、卓が学校に通っていた道だった。朝、卓のほうが早く家を出ていた。少し遅れて光治も出勤する。道路を走っていると、ときどき、通学途中の卓を見かけることがあった。父親の車を見つけると卓は、嬉《うれ》しそうに手を振った。

　その道を通ると、小学生の列に出くわす。だが、そこに卓の姿はない。小学生を見たくなかった。そこにもう卓はいないのだ、と思い知らされるのが辛かった。遠回りだが、別の道を使って通勤した。その道は事故から六年経った今でも使っている。

　島津に対する怒りが、腹の底から込みあげてくる。胸が握り潰《つぶ》されるように苦しくなる。

　卓は島津に殺された。なぜ、人殺しがのうのうと生きている。自分と妻がこんなに苦しんでいるのに、なぜ島津は笑っているのだ。

　怒りを拳《こぶし》に託し、机の天板にぶつけた。

　机が揺れて、目の前に飾っていた写真立てが倒れた。はっとして、写真立てを手に取った。フレームの中で、小学五年生の卓が笑っている。

　写真は少し色褪《いろあ》せていた。褪色《たいしょく》した写真に、六年の歳月を感じる。

　六年という時間を短いと思うか長いと思うかは、人それぞれ違う。あっという間に過ぎたと感じる者もいれば、まだ六年しか経っていないと感じる者もいるだろう。

　光治と美津子の間では、時間が止まっていた。卓がいない時間に流れはなく、四季が幾つ巡っても、それは卓がいなくなった年と同じ季節だった。

　しかし、時は確実に過ぎている。六年の間に事故は人々の記憶から風化し、息子のかつての親友を成長させ、病が妻の身体を蝕《むしば》んだ。

光治は写真立ての中の息子を見つめた。

将来、野球選手になる。

卓の弾むような声が、耳に蘇ってくる。地元のスポーツ少年団に入って間もない頃、卓は光治にそう言った。どこかのチームとの交流試合で、はじめてヒットを打ったときだったと思う。試合の帰り道、助手席で卓は昂奮《こうふん》していた。

ねえ、お父さん、いいでしょう？

尋ねる卓に、光治は苦笑した。

いいも何も、もう決めてるんだろう。

そう返すと卓は力強くうなずき、中学に入ったら野球部に入る、と答えた。

でもさ、監督の話だと怪我をする人も多いんだって。だから、ちゃんと身体を作らないといけないって言うんだ。それを聞いたとき、僕は得だって思ったんだ。

理由を尋ねると、卓は得意げな顔をした。

だって、お父さんは医者じゃない。怪我をしても、ただで治してもらえるからさ。

思わず笑った。

お父さんは内科だぞ、外科じゃない。

そう言うと卓は、でも医者は医者でしょ。頼んだよ、お父さん、と言って、光治の肩を叩《たた》いた。

光治は写真の中の息子をなでた。

卓は野球選手になれなかった。何にもなれないままこの世を去った。たった十年で、短い一生を終えた。

光治の目に熱いものが込みあげてくる。

私が何をした。美津子が何をした。卓が何か悪いことをしたのか。なぜ私たちはここまで苦しまなくてはならないのだ。何千、何億という人間が生きているこの世の中で、なぜ自分たちが、このような理不尽な目に遭わなければならないのか。美津子までいなくなってしまったら、自分は何を支えに生きていけばいいのだ。

目に溜《た》まってくるものが零《こぼ》れないように上を向く。しかし、止まらない。悲しみと怒りがこもった滴は、身体の奥から溢《あふ》れ、光治の頰をつたった。

突然、ドアをノックする音がした。

美津子だ。

光治は慌てて、手の甲で涙を拭《ぬぐ》った。ドアが開いて、美津子が部屋に入ってきた。

日付はとうに変わっていた。普段、美津子は十一時には床に就く。睡眠導入剤を服用しているので、寝つきはよかった。しかし、日によっては効きが悪いときがあり、そんな夜は、美津子の寝室からいつまでも灯《あか》りが漏れていた。今夜は薬があまり効かなかったのだろう。

「どうした。眠れないのか」

ドアに背を向けたまま、光治は尋ねた。

返事がない。

光治は後ろを振り返った。

パジャマ姿の美津子が、ドアを背に佇《たたず》んでいた。見た瞬間、ぞっとした。顔色が悪く、目の下は落ち窪《くぼ》み、頰はげっそりと削《そ》げている。それだけなら、風邪をこじらせたときと変わらなかった。しかし、今夜は違っていた。全身から沈むような暗さが漂い、生気が感じられなかった。死相、という言葉が頭をよぎる。光治は椅子から立ち上がると、美津子に近づいた。

「具合が悪いのか」

美津子は問いに答えず、光治の手を取った。手を見つめる美津子の顔が、辛そうに歪《ゆが》む。美津子の目を追い自分の手を見ると、包帯に血が滲《にじ》んでいた。机を叩いた衝撃で傷口が開いたのだ。

光治は美津子の手から自分の手を引き抜くと、無理に笑顔をつくった。

「飲み会の席で、うっかりグラスを割ってしまったんだ。思ったより傷が深くて、なかなか血が止まらない。まいったよ。すこし飲みすぎたようだ」

「あなた」

つぶやくように、美津子が呼んだ。真剣な口調に、何か重大な話があるのだと悟った。

寝つけないのではない。寝ないで光治の帰りを待っていたのだ。

光治は美津子の言葉を待った。しかし、美津子は話さない。視線を床に落としたまま、佇んでいる。

もう一度、名前を呼ぼうとしたとき、美津子は意を決したように顔をあげた。目と目が合う。美津子は、耳を澄まさなければ聞き取れないほど小さな声で言った。

「私、いつまで生きられるの」

ふい打ちの問いだった。

光治はうろたえた。まだ、問いに答えられるだけの、心の準備が出来ていない。告知するかどうかも決めていなければ、自分自身、病と向き合う覚悟すら出来ていなかった。

混乱する頭で、必死に考える。なぜ、美津子は自分の余命が幾ばくもないことを知っているのだろう。光治が村瀬から美津子の病を聞いたのは、一昨日《おととい》のことだ。自分との電話を切ったあと、村瀬が耐え切れず美津子にもらしてしまったのだろうか。いや、それはありえない。もしかしたら――。

光治は、はっとした。もしかしたら、美津子は鎌をかけているのではないか。本当のことが知りたくて、私を試しているのかもしれない。いや、きっとそうだ。光治は冷静を装い、口元に笑みを浮かべた。

「何の話だ。夜にひとりでいたから、変なことを考えたんだろう」

美津子の肩に手を添える。

「単なる疲労だよ。疲れやストレスの蓄積は、思ってる以上に身体に負担をかけるんだ。近いうちに、少し長めの休みをとろう。少しのんびりしたほうがいい。温泉がいいか、それとも有名ホテルがいいか」

美津子の顔がさらに曇る。手足が震えだし、膝《ひざ》から床に落ちた。光治は驚いて美津子の身体を支えた。美津子は光治の腕にしがみついた。

「いいの。お願いだから本当のことを教えて」

「だから俺は本当のことを」

美津子は激しく首を振った。

「私たち、何年、夫婦をしていると思うの。あなたが嘘を言っていることぐらいわかるわ」

心臓が大きく跳ねた。

「何を根拠に、そんなことを」

光治の腕を摑《つか》む美津子の手に、力がこもる。

「卓の七回忌の前日にあった電話、村瀬さんでしょう。私が電話の相手を尋ねたら、あなたは答えるかわりに、目を逸《そ》らせた」

そのときの自分を思い返す。確かに美津子と目が合わせられず、視線を逸らせた。

光治は急いで取り繕った。

「覚えてないな」

美津子は辛そうに光治を見た。

「あなた知ってる？　あなたは昔から嘘がばれそうになると、決まって捨て台詞《ぜりふ》のように同じ言葉を言うのよ」

そこで美津子は切なげに笑った。

「覚えてない、って」

言われてはじめて思い当たった。確かに自分は追いつめられると、覚えてない、と逃げる癖がある。

何か言わなければ、と思った。あれは本当に別な人間からの電話で、お前が考えているようなことじゃない、そう言おうと思った。わかっているのに、喉《のど》に粘土の塊を詰められているかのように、言葉が出てこない。

美津子は俯《うつむ》いた。

「もう、いいのよ、あなた。私にはわかる。それに、今まで何があっても休みなんかとらなかった人が、のんびりしようなんて、おかしいもの」

美津子は光治の、包帯が巻かれている手を取った。

「仕事で使う大事な手なのに、傷つけるくらい荒れて」

美津子は光治を見上げた。

「お願い、教えて。私の病名は何なの。あとどれくらいの命なの」

有無を言わさない強い口調に、光治は気圧《けお》された。

美津子は勘がいい。ここでごまかせたとしても、いずれ真実を悟るだろう。自分の余命を知るのは、時間の問題だ。そのとき美津子はどうするだろう。きっと、なぜ教えてくれなかったのか、と光治を責める。そのとき自分は、何も言い返せない。

光治は美津子の目を見た。

美津子は光治の言葉を待っている。

遅かれ早かれ、美津子は自分の運命を知る。ならば、運命を告げる役割は他人ではなく、夫である自分だ。

「美津子」

光治は美津子の手を握り返した。真剣な眼差《まなざ》しが迫る。意を決して、真実を述べた。

「お前の病名は胸腺癌《きょうせん》。場所が悪く、外科治療ではすべて取りきれない。治療は化学療法と放射線治療を併用することになるだろう。強い薬を服用するため、副作用は避けられない」

美津子は自分の病の話を、他人事《ひとごと》のように聞いていた。しかし、しばらくすると、か細い声で聞いた。

「それで、私の命はあとどれくらいなの」

光治は顔を歪めた。患者に癌の告知や余命宣告をしたことはある。しかし、こんなに辛《つら》い告知はなかった。たまらず下を向く。

「あなた」

呼ぶことで、美津子は答えを求める。光治は俯いたまま答えた。

「何の治療もしなければ、あと一年、生きられるかどうか……」

美津子が息をのむ気配がした。美津子の身体が次第に震えてくる。

「私、死ぬの」

光治は顔をあげて、激しく首を横に振った。

「死なない。俺が絶対に治す」

本心だった。しかし、それは願いであり叶《かな》わない望みだった。

美津子の呼吸が荒くなり、身体が激しく痙攣《けいれん》してきた。過呼吸の症状だった。極度の緊張からくるものだろう。落ち着かせるために、ベッドに寝かせた。しかし、美津子は光治を撥《は》ね除《の》けると立ち上がり、部屋の中のものを辺りに、手当たりしだいに投げはじめた。

「嫌よ、どうして私が死ぬの。死ぬのは嫌。嫌よ！」

「美津子！」

光治は暴れる妻を、後ろから羽交い締めにした。落ち着け、と耳元で叫ぶ。だが、美津子は暴れるのをやめない。泣きながら抵抗する。床に置かれていた観葉植物は倒れ、本が散乱した。

急に美津子が床に倒れた。水を求める魚のように、口を開いたり閉じたりしている。急いで側にあった紙袋を、美津子の口に当てた。過呼吸の応急処置だ。こうすることで異常に減った血液中の二酸化炭素が増える。

しばらくすると、呼吸が落ち着き痙攣が治まってきた。名前を呼ぶと、美津子はゆっくりと目を開けた。焦点が合っていない。ぼんやりと空を見ている。目の縁に涙が溜《た》まっている。光治は涙を、手で拭《ぬぐ》ってやった。

どのくらいそうしていただろうか。床に座り込んでいた光治は、視線を感じて瞼《まぶた》を開けた。床に横たわったまま、美津子が光治を見ていた。乱れた髪が顔にかかっている。光治はそっと、整えてやった。

「私、あの子のもとへ行けるのね」

美津子がつぶやいた。

「俺をひとりにしないでくれ」

光治は縋《すが》るように言った。この家でたったひとり生きていく人生に、何の喜びがあるのか。

美津子は視線を天井に向けた。

「あの子、本当に信号無視をしなかったのかしら」

光治は驚いて、美津子の顔を覗《のぞ》き込んだ。

「何を言っているんだ。卓は無実だと信じてここまでやってきたんじゃないか。母親のお前が疑ってどうする」

「疑ってなどいないわ。卓は信号無視なんかしない。そう信じてる。ただ、本当のことが知りたいの。私たちが信じてきたことに間違いはなかった、卓は悪くなかったという確かなものがほしい」

頭の中に、バーでの島津の言動が蘇《よみがえ》った。

――あれは運が悪かった。生きている人間が、有利に生きる道を選んで何が悪い。

悔しさに拳《こぶし》を握り締めた。傷ついた手に痛みが走った。

「卓は無実だ。島津と警察がぐるになって、事実を隠蔽《いんぺい》したんだ」

思わず口走った。

美津子は意外な顔で、光治を見た。

「何か知ってるの」

我に返り、口を噤《つぐ》む。

光治の様子に、何かしらの真実を見出《みいだ》したのだろう。美津子は床の上に起き上がると、光治の腕をとった。

「何かあったのね。そうでしょう」

光治は美津子から目を逸らした。

六年間、卓に着せられた濡《ぬ》れ衣《ぎぬ》を晴らすために、ふたりで努力してきた。そして今、卓の無実が明確になった。それは真相を追ってきたふたりにとって、喜ばしいことだ。これが、数日前の出来事だったら、迷いもなく美津子にすべてを話しただろう。

しかし、今は状況が違う。真実を告げたら、美津子はどうなる。息子の無実を喜ぶより、事故の真実を隠蔽した人間への憎しみのほうが増すのではないか。その憎しみは病を増長させ、死期を早めるのではないか。このまま心を乱さず、治療に専念できる環境を整えてやるのが、夫であり医師である自分の務めではないのか。

そう思うと、唇は何かで貼りついたように開かなかった。

美津子は光治を強く引き寄せた。

「お願いあなた、何か知っているなら教えてちょうだい。隠し事はしないで。真実を知らないまま、私は逝けない」

美津子に嘘が通じないことは、自分が一番よく知っている。真実を話すしかない。

光治は、今日、バーで見た一部始終を美津子に話した。話している間、美津子は不気味なほど静かだった。耳に届いているのか、一瞬、不安になったが、組んだ手の指先が小刻みに震えていることから、声が聞こえていることは窺《うかが》えた。

「卓を殺した奴は酒と女を楽しみながら、のうのうと生きている。警察も地検も同じだ。みんな自分の身可愛さに、寄ってたかって、たった十歳の子供に罪を押しつけたんだ」

昔、怒りは口にするな、という言葉をどこかで読んだことがある。口にした瞬間、怒りは二倍にも三倍にも増長し、口にした人間を苦しめる。言葉に出さず、心の中で冷静に対応すべきだ、と書いていた。そのときは読み流していたが、今は、その言葉の意味がわかるような気がした。

島津の様子を口にしたとたん、怒りがさらなる勢いで胸に湧き上がってきた。冷静さを保とうとするが上手《うま》く出来ない。鏡を見たら、見たこともない形相の自分がいるだろう。

光治は床に座った状態で、ベッドに背を預けた。

全てを話した。もう、美津子に隠し事はない。

身体の中が空っぽになったような気がした。しばらくの間、無言で空を見つめていた。美津子も光治の隣で、黙って俯いていた。

外が明るくなってきた。新聞配達のバイクの音が聞こえた。長い夜が明けた。

美津子はゆっくりと顔をあげた。光治も顔をあげた。目が合う。美津子の瞳《ひとみ》には落ち着きが戻っていた。美津子はひと言ひと言、区切るように言った。

「島津を殺すわ」

言葉の意味を摑《つか》みかねた。

何も言わない光治に、美津子はもう一度、同じ言葉を繰り返した。

「私、島津を殺す。このままになんかさせない」

二度目にして、やっと言葉の意味を理解した。理解はしたが現実味がなかった。

「何を言っているんだ」

光治は失笑した。

自暴自棄になり、自分が何を言っているのかわかっていないのかもしれない、と思った。だが、違った。美津子の目は真剣だった。

「島津に卓と同じ死をもって、罪を償わせるわ」

美津子は、女を武器にして島津に近づき、ホテルでふたりきりになったときに島津を殺害すると言う。

「島津は私を知らないわ。私になら出来る」

光治は顔色を変えた。なぜ、島津を殺す方法がこんなにも、すらすらと出てくるのだろう。余命幾ばくもないと知ったとき、人はすぐにここまで考えが纏《まと》まるものだろうか。

しかし、と光治は思った。常日頃から相手を殺そうと考えていたならば話は違う。頭の中だけで立てていた計画が、自分の残り少ない命を知って一気に現実のものになったとしたら、美津子は本気だ。

「馬鹿なことを」

美津子の話を、笑い飛ばそうとした。しかし、美津子は話をやめない。島津の殺害計画を練っていく。その顔は、まもなく命の火が尽きようとしている人間のものではなかった。目は強い光を放ち、頬は昂奮《こうふん》に赤く染まっていた。何かに酔っているような、恍《こう》惚《こつ》とした表情をしている。

美津子は光治の手を握り締めた。

「私、やるわ。島津を殺す」

触れた美津子の手に光治は、はっとした。熱い。額に手を当てる。

「熱があるじゃないか。薬を飲んで休んだほうがいい。明日にも村瀬のところに一緒に行こう」

美津子は額に置かれた手を、邪険に振り払った。

「私、病院には行かない。手術も受けない」

　思わず叫んだ。

「何を言っているんだ。そんなことをしたら、お前は本当に死んでしまうぞ」

　美津子は引かない。言い返す。

「遅かれ早かれ私は死ぬわ。その前に、島津を裁いて逝く。私、それまで絶対に死なない」

　思い直すように、光治は必死に説得する。しかし、美津子は首を横に振ると、静かだが確固たる自信を含んだ声で言った。

「卓の七回忌で島津に会うなんて、偶然とは思えない。きっと、卓があなたと島津を引き合わせたのよ。僕は悪くない。あいつが犯人だ。僕の無念を晴らしてほしい、って」

　美津子が自分と同じことを考えていたことに驚く。

　あなたも、と言って、美津子は光治の目を見た。

「私なら、出来ると思うでしょう」

　カーテンの隙間から、朝陽が差し込んだ。白い光が美津子の顔を照らす。まぶしさに光治は目を細めた。

　人は死ぬ前に目を見張るほど美しくなる、と聞いたことがある。今の美津子が、まさにそうだった。目の前の美津子は夫でさえ、目を奪われるほど美しかった。もともとの整った容姿にくわえ、何があっても自分の使命を全うするという気高さを備えていた。

その姿は見る者を圧倒した。

こんな幸せそうな美津子を見るのは、久しぶりだった。もう、二度とこんな生き生きとした姿を見ることはないと思っていた。卓が生きていた頃のような美津子を見ていられるのなら計画に乗ってもいいのではないか、という思いが頭をよぎった。

しかし、光治はすぐに思い直した。

島津を殺せば復讐《ふくしゅう》は叶《かな》う。しかし、それと引き換えに、美津子は殺人者になってしまう。島津と同じ種類の人間になる。七回忌という節目に島津と出くわしたのは、本当に卓が自分と島津を引き合わせたのかもしれない。しかし、卓は美津子が島津を殺すことなど望んでいない。自分の母親が殺人者になることを願う子供などいない、そう思った。

光治は美津子の手を握り、胸の内を伝えた。美津子は光治の話を、反抗的な目をして聞いていたが、話が卓のことになると悲しげに目を伏せた。

しばらく、ふたりとも動かなかった。無言のまま、俯《うつむ》いていた。室内で動いているのは、ベッドサイドのデジタル時計の数字だけだった。

時計がアラーム音を発した。七時だ。今日も患者が待っている。仕事に行かなければならない。

光治は、この話は終わりだ、という意味を込めて美津子の手を強く握ると、立ち上がろうとした。その手を美津子が引き戻した。光治は美津子を見た。美津子は光治を見上げていた。

「大丈夫。あの子の無念を晴らすことが出来るわ」

光治は憤った。

「俺の話を、聞いていなかったのか」

美津子は首を横に振ると、光治を見つめて信じられない言葉を口にした。

光治は目を見開いた。

「お前は自分が何を言っているのか、わかっているのか」

美津子は光治を見つめた。その目には、懇願するような色が浮かんでいた。

「私、このままじゃ死んでも死にきれない。あの世に逝っても、あの子に合わせる顔がない。あの子に胸を張って会いたいの。お願い。私の思い通りにさせて」

光治は美津子の手を、強く振り払った。

「馬鹿なことを言うな」

美津子は光治のズボンの裾《すそ》に縋《すが》りついた。

「お願いよ、あなた。卓のため、そして、私たちのために島津に復讐させて」

美津子を見下ろす。光治を見上げる目には、誰にも変えられない固い決意が滲《にじ》んでいた。

「本気なのか」

光治が問う。

美津子は微笑んでうなずいた。

「それが、私の最期の望みです」

7

地検に戻った真生は、公判部のドアを開けた。

窓際の席にいる公判部長の筒井《つつい》が、手元の書類から顔をあげた。

「お疲れ。どうだった」

公判初日の手ごたえを聞かれたのか、それとも、やり手と言われている佐方の印象を尋ねられたのかわからない。真生はどちらにもとれる返答をした。

「問題ありません」

事実、何の問題もなかった。今日、法廷内にいた人間のほとんどが、被告人が黒であると疑わなかっただろう。無実を主張している本人と弁護士の佐方以外は。

真生は筒井の前を通り過ぎ、自席についた。ほっとしたとたん、錐《きり》で突かれたような痛みが胃に差し込んだ。反射的に腹に手を当てる。引き出しを開けて、常備している胃薬を口の中に放り込んだ。錠剤を唾液《だえき》で無理やり奥に押し込む。しばらくじっとしていると、痛みが治まってきた。深い息を吐いた。裁判がはじまるといつもこうだ。ストレスを表に出さない分、内臓に負担がくる。

今回の事件は、被告人が犯人であることは明白だった。被害者の返り血を浴びたバスローブからは、被告人の汗と思われる体内物質が検出され、被害者の爪からは、被告人の皮膚の一部が検出されている。凶器のディナーナイフからも、被告人の指紋と掌紋が出ている。証人、証拠、動機、すべての材料が、被告人が犯人であると示している。それなのに、自信の隙間から、不安が滲み出てくる。なぜなのだろう。

真生は目の端で筒井を見た。公判部に戻った真生を見た筒井の開口一番は、裁判もしくは佐方の感触を問うものだった。それだけで、筒井がこの裁判の行方と佐方を、どれだけ気にかけているのか窺《うかが》える。

今日、廊下ですれ違った佐方の姿を思い出す。くたびれたスーツに、ぶっきらぼうな態度。寝癖がついたままの髪に、伸びかけたひげ。しかも、裁判前日に、翌日に残るくらい深酒をする。そんな男がやり手の弁護士とは、どうしても思えなかった。だが、彼が受け持った案件の大半が、減刑もしくは執行猶予など、依頼人に有利な判決で終わっているのは事実だ。

何より気にかかっているのは、佐方が検察官を辞めて弁護士になったことだった。いわゆるヤメ検だ。

本件の弁護士が佐方だと聞いた日、真生は検事正の辺見《へんみ》に呼ばれた。

机の前に立つと辺見は、筒井から何か聞いているか、と尋ねた。

唐突な質問だった。意味がわからず率直に、何も聞いていない、と答えた。辺見は、そうか、とつぶやくと続けて、今回の裁判は絶対に勝たなければいけない、と言った。

自分に言い聞かせるような、重い口調だった。

辺見の話によると、佐方は元検察官で、初めての本格的な配属先は、いま真生がいる米崎地検だった。国立大学の法学部を卒業し、司法試験に合格。その後、司法修習を経て検察官に任官した。

佐方は優秀な検察官だった。実況見分や現場での捜査は、一般的に警察が行う。検察官は警察に指示を出すだけで、立ち会うことはほとんどない。しかし、佐方はよく現場へ出掛けていった。特に交通事故の場合は、必ずと言っていいほど足を運んだ。平面の実況見分調書では、道路の凹凸や坂の勾配《こうばい》加減がわからないと言うのだ。

佐方の再捜査は、警察が拾いきれなかった証拠を見つけ、警察が送検してくる調書の穴を埋めた。佐方は事件に対する粘り強さと、警察とやりあう気骨があり、自分が担当する事件のほとんどを求刑どおりの有罪に持ち込んだ。地検の誰もが、佐方はいずれ上にいく逸材だと思っていた。

だが、佐方は任官して五年目の秋、検察官を辞めた。

理由を尋ねると辺見は、詳しいことはわからない、と言葉を区切り、彼には合わなかったんだろう、と付け加えるように言った。

そんな単純な理由ではない、と真生にはわかっていた。辺見も、そのような短絡的な理由が通るわけがないとわかっている。ようするに、佐方が辞めた理由は話せない、ということだった。

検察官の社会は狭い。数年ごとに異動がある。いつ、どこでまた同じ場所で働くことになるかわからない。官舎に入れば、家に帰っても常に上司や同僚、もしくはその家族と顔を合わせる。二十四時間、職場の縦社会の中に身を置いているようなものだ。そんな狭い社会で、ゴシップや陰口を言おうものなら、どこから漏れていくかわからない。だからみんな、余計なことは言わなかった。

しかし、佐方が辞めた理由を辺見が言わなくても、真生には想像が出来た。

真生の身近にも、辞めた人間はいる。

司法修習生で同期だった男性は、地元警察とのトラブルから精神的な病を患い、続けられなくなった。真生のあとから入った後輩検事は、日々の多忙なルーティンワークと、自分が思い描いていた理想と現実とのギャップに苦しみ、辞めていった。

彼らの気持ちも、わからなくはない。真生も検察官になりたての頃、同じことで悩んだ。

検察官になって二年目のとき、警察が送検してきた交通事故の実況見分調書が腑《ふ》に落ちず、独自に捜査をしたことがあった。そのあと、上司からひどく叱られた。真生が調査したことを知った警察が、地検は我々の捜査を信用していないのか、と上司を責めたのである。

当時の上司は目を吊《つ》り上げて、地元の警察が不機嫌になるような真似はするな、機嫌を損ねると協力してもらえなくなる、と怒鳴った。

警察も検察も、犯罪者を真の罪で裁かせることが使命ではないか。同じ使命を持ちながら、なぜお互いが敵対するのか。その不条理に疑問を抱き、思い悩んだこともあった。佐方が辞めた理由も、検察を去っていった同期や後輩たち、真生が抱えた悩みと同じものだろう。

でも、真生は検察官を辞めようとは思わなかった。何があっても検察官であり続けると心に決めていた。その決意はおそらく、生涯変わらない。

辺見は机に身を乗り出すと、顔の前で手を組んだ。

「ヤメ検はたくさんいる。しかし、若くして辞める奴は少ない。しかも、奴は優秀だった。佐方の退官を惜しむ声もあった。特に、目をかけていた筒井は悔しかっただろうな」

なぜ、筒井の名前が出るのかわからなかった。表情から、真生が本当に何も知らないと悟ったのだろう。辺見は低い声でつぶやいた。

「佐方は、筒井の元部下だ」

真生は驚いた。そんな話、筒井はまったくしなかった。今回の裁判の相手は佐方貞人だ、と真生に伝えたときの筒井は、普段と何も変わらなかった。いつもどおり、ちょっと気難しそうな顔をして書類を捲《めく》りながら、かなりのやり手だから手を抜くなよ、とだけ言った。

筒井が以前、米崎地検にいたことは知っていた。その後、この土地を離れ、二、三年ごとに異動を繰り返し、四年前に再びこの地に配属されてきた。そこまでは知っていた。

しかし、佐方が検事だったことや、筒井が佐方の上司だったことまでは知らなかった。

筒井は部下の面倒見がいいことで評判だった。あからさまに、俺が教えてやる、という態度は見せないが、部下が捜査に行き詰まり困っていると、横からさりげなく地元の情報屋を教えてくれたり、社会人の息子と大学生の娘の親という立場から、部下の家庭の相談などにも乗っていた。

法より人間を見ろ。

それが筒井の口癖だった。法を犯すのは人間だ。机にへばりついて警察が持ってきた書類や証拠だけを見てるんじゃない。人として被告人を見ろ。ことあるごとに、そう部下に説教をした。

誰にでも面倒見がいい筒井が、特に佐方には目をかけていた。その佐方が検察官を辞めた。筒井の無念はいかばかりだったか。

「おい、帰らなくていいのか」

筒井の声が、真生の回想を遮った。我に返り顔をあげると、筒井が壁の時計を指差していた。六時半を回っている。病院へ行く時間だ。慌てて席を立つ。

「部長、すみません。今日はお先に失礼します」

筒井は、すべて了解済みだ、とでも言うように片手を挙げた。真生は筒井に頭を下げると、急いで部屋を出た。

病棟は夕食が終わり、患者がくつろいでいる時間だった。ナースセンターの前にあるロビーを通り、廊下の一番奥にある病室に向かう。

病室は四人部屋だった。真生は中に入ると、窓際のベッドに向かった。カーテンが閉じられている。覗《のぞ》くように、カーテンをそっと開ける。

「母さん、起きてる」

ベッドには、母親の洋子《ようこ》が横たわっていた。洋子は閉じていた瞼《まぶた》を、ゆっくりと開けた。

「起きてるわよ。目を閉じていただけ」

真生はベッドの横にある丸椅子に腰掛けた。

「これ、頼まれてたもの」

洋子は、ああ、と言って、身を起こした。真生はバッグの中から、箱を取り出した。洋子が常飲している健康茶だ。なかなか手に入らない品物で、市内でも一軒の漢方薬店にしか置いていない。担当医から服用の許可は得ている。洋子は安心したように、胸に手を当てた。

「いろいろ試したけれど、これが一番いいみたいなのよ。おしっこの出もいいし、寝つきもいいの。ないと落ち着かなくて」

「熱はどう」

真生は箱を開けると、湯飲みにティーバッグを入れて、ポットから湯を注いだ。湯飲みから草をいぶしたような匂いが立ちのぼる。洋子は差し出された湯飲みを受け取りながらうなずいた。

「だいぶ下がった。思ったより早く退院できそう」

「そう、よかった」

洋子は申し訳なさそうに真生を見た。

「いつも悪いわね。忙しいのに」

真生は首を横に振った。

「大丈夫。部長もわかってくれてるから」

筒井は母親の病気のことも、真生が検察官になった理由も知っている。

筒井の下に配属になった頃、一緒に飲む機会があった。古い居酒屋のカウンターで、自分の生い立ちを話した。それまで他人に話したことなどなかった。筒井に死んだ父親の影を見たからかもしれない。

真生の話を黙って聞いていた筒井は、空になった猪口《ちょこ》をカウンターに置くと、いい検察官になるな、とぽつりと言った。

真生は窓の外を眺めた。

今回の裁判の弁護士が佐方だと知ったとき、筒井はどう思ったのだろう。表情には出さなかったが、内心、穏やかではなかったと思う。元部下と現部下との闘いを、筒井はどんな思いで見ているのか。

ガラス窓に、筒井の顔が浮かぶ。

自分は筒井を信頼し、尊敬している。佐方に勝ちたい。勝って佐方を越えたい。

真生の沈黙を疲れによるものだと思ったのか、洋子はすまなそうに真生を見た。

「ごめんなさい。私が丈夫だったら、あなたに大変な思いをさせなくて済むのに」

真生は慌てた。母は普段、気丈な性格だった。その母が弱音を吐く。一週間の予定だった入院が倍に延びたことで、気が弱くなっているのだろう。急いでフォローする。

「帰りに病院に寄ることくらい、何でもないわよ。家に帰ったって、夫や子供がいるわけじゃなし。適当に食べて寝るだけだから」

洋子は心配そうに娘を見た。

「適当なんて言わないで、ご飯はちゃんと食べなさい。三食、きちんとした食事を摂らないと駄目よ」

「大丈夫よ。一食、二食抜いたって」

軽い気持ちで言った冗談が、洋子は気に入らなかったらしい。真生を見る目が険しくなる。

「身体を壊したら何にもならないでしょう。もっと自分を大事にしなさい」

いつになく厳しい母の口調に、真生は怯《ひる》んだ。

洋子が腎臓《じんぞう》を患ったのは、真生が高校生のときだった。普段、滅多なことでは弱音を吐かない母が、身体がだるく食欲がないと言う。風邪でもひいたのだろう、こじれないうちに病院に行ったほうがいい、と勧めたが母は、今年はひどい猛暑だから夏バテでもしたのだろう、と取り合わなかった。

しかし、身体の不調は治るどころかひどくなっていった。指や脚がむくみ、瞼が腫《は》れた。食事をあまり摂っていないのに、腹だけは異様に膨らんでいる。触るとぶよぶよして水風船のようだった。それでも母は、仕事を休めないことを理由に病院に行かなかった。

なんとか説得して病院に連れて行かなければ、と思っていた矢先、あれほど病院を拒んでいた母が、近所の開業医を受診した。血尿が出たのだ。診察した医師は、すぐに大学病院への紹介状を書いた。

検査の結果、母は慢性糸球体腎炎《しきゅうたいじんえん》と診断された。しかも、かなり進行しているという。原因を尋ねると、今の医学では明確な原因はわからない、しかし、疲れやストレスが要因のひとつに考えられる、と医師は説明した。医師の話を聞いたときに、真生は真っ先に父の死を思い浮かべた。

真生の父親は、真生が小学校六年生のときに死んだ。保険会社の営業マンで、背はあまり高くないが、学生時代に柔道をしていたせいか、身体はがっしりとしていた。明るい人柄と裏表のない性格が好感を持たれ、かなりの顧客を持つ優秀な営業マンだったと聞いている。

その日も、父は会社から営業先に向かっていた。スクランブル交差点の信号が青になり、横断歩道を渡りかけた。そのとき、いきなり背中をナイフで刺された。凶器は全長三十センチのサバイバルナイフ。すぐに病院に搬送されたが臓器の損傷が激しく、父は二時間後に死亡した。

現場で半狂乱になりナイフを振り回していた犯人は、駆けつけた警官に傷害と銃刀法違反の現行犯で逮捕された。

まったく見ず知らずの大学生だった。彼は特定の誰かを狙っていたわけではない。前にいたのがたまたま父だったのだ。

大学生は精神科に通院しており、事件当時も病院から処方された常用している精神安定剤を服用していた。犯行に及んだ日は、朝から酒を飲み、薬を大量に服用していたという。警察での事情聴取で、犯行当時の記憶は曖昧《あいまい》でよく覚えていない、と証言した。精神鑑定の結果、犯行当時はアルコールと薬による心神喪失状態だったとして、検察は不起訴にした。

当時、小学生だった真生には、不起訴の意味がわからなかった。意味を知ったのは、父親の四十九日が過ぎた頃だった。

深夜に母が電話をかけていた。相手は親類の誰かだったと思う。母は電話の相手に、なぜ人を殺して裁かれないのだろう、これではあの人があまりに可哀相だ、と言いながら声を押し殺して泣いていた。そのときはじめて、犯人が何の裁きも受けないことを知った。

なぜ人を殺しておきながら、犯人が刑務所に入らないのか不思議でならなかった。人殺しは犯罪だ。裁判所はどうして犯罪者を罰しないのだろう、と思った。

理由を母に尋ねようとしたが、なんだか聞いてはいけないような気がした。真生は地域の図書館に通い自分で調べた。父の事件が載っている新聞を探し出し、記事を隅々まで読んだ。その記事の中に、心神喪失、という言葉があった。意味がわからなくて辞書をひいた。辞書には、精神障害などによって自分の行為の結果について判断する能力をまったく欠いている状態。刑法上は処罰されない、とあった。

詳しいことはわからなかったが、犯人が処罰されないことだけはわかった。しかし、言葉の意味は理解が出来ても、真生には犯人が何の制裁も受けないことが納得いかなかった。学校の先生も生徒たちに、人が嫌がることをしてはいけません、人を傷つけることはいけないことだと教えている。それなのに、どのような理由であれ、罪を犯した人間が裁かれないのはおかしい、と思った。

真生は家に戻ると、仕事から帰ってきた母に怒りをぶつけた。父を殺した犯人が罰せられないのはおかしい、納得できない、と叫んだ。母は痛みをこらえるような切ない顔をして、そうね、そうね、と繰り返した。

今になれば、一番、納得できなかったのは母だったと思う。愛する夫を理由もなく奪われた悲しみと、これからひとりで子供を育てていかなければならない不安は、子供がいない真生には想像し難いくらい大きなものだったと思う。

母はもともと、丈夫なほうではなかった。真生を産んだ後も産後の肥立ちが悪く、大変だったと聞いている。その母に追い討ちをかけたのは、やはり父の死だったと真生は思う。

父の死後、母は父の分まで働いた。父が生きていた頃は、父の会社が借り上げた社宅に入っていたので、家賃を払う必要がなかった。しかし、父が死んでからは社宅を出て、自分たちで負担しなければならなかった。

父と母、双方の実家から、家に来ないか、という話もあった。しかし、母は断った。母は実家の申し出が本心ではないと知っていた。後で知ったのだが、そのとき両家ともすでに兄夫婦が跡を継いでいて、世話になれる状態ではなかったのだ。

仕事もいつ首を切られるかわからないスーパーのパートから、安定性のある正社員に変えた。化粧品の訪問販売員だったが、月々の営業ノルマがあり残業が多かった。疲れが溜《た》まると、母は決まって風邪をひいた。思えば、その頃から病はゆっくりと進行していたのだと思う。そして、真生が高校二年生の夏に、母は腎臓病を発病した。

母が重い病気になったのは、父の死によるものだと真生は思っている。理不尽な理由で夫を喪《うしな》った悲しみと、親子ふたりの今後をひとりで背負わなければいけない苦労が、母の身体を病に蝕《むしば》ませたのだと思う。真生が成人してからは、身体の負担を考えて残業がないパートに仕事を戻したが、一度患った病が完治することはなく、今でも週二回は人工透析に通っている。透析、投薬、食事制限を強いられる生活は、死ぬまで変わらないだろう。

いきなり、洋子が咳《せ》きこんだ。真生は椅子から立ちあがり、洋子の背を摩《さす》った。

「大丈夫？」

洋子は病院着の胸を押さえながら、うなずいた。

健康な人間なら風邪をひいたくらいで入院などしない。しかし、腎臓を患っている母は違う。風邪から急性腎炎を引き起こし、排尿に支障をきたす場合がある。そうなると、今回のように入院治療が必要になる。

「もう休んだら。治りかけが大事なのよ」

洋子は、そうね、と言うとベッドに横になった。洋子の身体を支えたとき、湿布薬の匂いがした。熱と咳《せき》で身体が痛み、貼っているのだ。真生は空になった湯のみを片付けると、母が寝入ったことを確かめてから病室をあとにした。

外に出ると、ひんやりとした夜風が顔にあたった。

車に乗りエンジンをかける。ラジオから懐かしい曲が流れた。父が好きだと言っていた映画音楽だった。戦時下の悲恋を描いたもので、主演の女優がとても美しい、と父はいつも言っていた。

真生は母親がいる部屋を見上げた。

検察官になろう、と決めたのは、はじめて母が入院したときだった。

病院のベッドに横たわる母は、腕に点滴の針を刺し、腹から管を出していた。

父がいなくなってから、なぜ、父が殺され、母がこんなに苦しまなければならないのか、ずっと考えてきた。自分たち家族を不幸にした人間が、今こうしているときも、好きなものを食べ、テレビを見て笑い、のうのうと街中を歩いていることが許せなかった。悔しかった。人の命を奪っておいて、何事もなかったかのように生きている犯人が憎くてたまらなかった。罪人を裁かない法律を恨んだ。

はじめのうちは、その怒りの矛先をどこに向ければいいのかわからなかった。しかし、ベッドに横たわる母を長い間見ているうちに、向けるべき場所が見えた。

誰も罪人を裁いてくれないのなら、自分が裁かせる立場になればいい。

自分が味わった理不尽な苦しみを、誰にも与えたくない。どのような理由であれ、罪を犯した人間は裁かれるべきだ。それが平等ということだ。それが社会の秩序を守り、ひいてはわが身を守ることになる、そう強く思った。

——絶対に罪を償わせる。

真生はアクセルを力強く踏んだ。ラジオから流れる曲は、思い出の曲から流行《はや》りの歌に変わっていた。

公判二日目

8

殺害の動機は、痴情のもつれにした。美津子の言うとおり、女好きの島津には、一番もっともらしい動機だと思った。

筋書きはふたりで立てた。あらましはこうだった。

島津と美津子は偶然知り合い、深い関係になる。美津子は島津に夢中になり、夫と別れて一緒になりたいと言いはじめるが、世間体や肩書きを重んじる島津が首を縦に振るはずがない。美津子は、妻と別れなければ、妻はもとより会社や島津の友人にまですべてをばらす、と迫る。美津子と島津は口論になり、言い争っているうちに事件が起きる。

まず、島津に近づく方法を考えた。インターネットが普及している今、情報集めはそう難しくはなかった。

島津の名前を検索すると、いくつかのサイトが出てきた。一番上に表示されたものは、島津建設株式会社のホームページだった。代表取締役の欄に島津の名前がある。島津建設のサイトを隅々まで読んだが、記載されているのは会社の沿革や事業内容などの会社情報だけで、島津個人の情報はほとんど載っていなかった。

その下にあるサイトは陶芸教室のものだった。名前は島津陶芸教室となっている。アイコンをクリックすると、教室の説明が書かれているページが出た。代表者と講師の欄に島津の名前がある。講師プロフィール欄に、島津の略歴が載っていた。

代表講師、島津邦明。米崎市出身。中学、高校と地元の学校に通い野球に打ち込む。高校二年のとき甲子園《こうしえん》に出場。その後、大学に進み建築を学ぶ。大学卒業と同時に地元の建設会社に入社。三十八歳で島津建設を立ち上げる。五十歳のとき陶芸に出会い、独学で創作活動を開始。さまざまな公募展やコンクールに出展、三年前に自らが講師を務める島津陶芸教室を開講する。陶器のコレクターとして有名で、その数は日本でも有数のものである、と記載されている。

間違いない。自分が探している島津だった。

光治はパソコンを閉じながら、ある男を思い出していた。医学部の先輩で、大学病院で心臓の専門医をしている久保《くぼ》という男だった。県内でも腕の良さは評判で、久保の手術を受けるために、多くの富裕層が金を惜しまずに治療を受けに来ていた。

久保は腕のいい医師として有名だったが、同時に陶芸の収集家としても知られていた。酒に酔った久保を、一度だけ自宅に送り届けたことがあるが、そのとき、無理やり見せられたコレクションは、陶芸をよく知らない光治が見ても、近在でおいそれとは手に入らないものだとわかる品々だった。

久保は昔から酒さえ飲まなければ、誰もが認める人格者だった。普段は虫も殺さない顔で、まわりに愛想を振り撒《ま》いている。しかし、一旦《いったん》、酒が入ると豹変《ひょうへん》する。患者の悪口や医師仲間のゴシップなど、ありとあらゆる醜聞をまくし立て、しまいには、店の女性にも絡んだ。

久保の患者は難しいと、当時からもっぱらの評判だった。難しいとは病気のことではなく、患者の性格を意味していた。金満な患者は、我が強い人間が多い。人生の山を幾つも越えてきた自信からか、金の力で我欲のままに生きてきた故かはわからないが、たいがいのことは自分の思い通りになると思っている。それは、自分の命を握っている医師に対しても同じで、道理の通らない要求をすることもめずらしくなかった。

そんな患者と毎日付き合っているのだから、ストレスが溜まるのも無理はない。半分は同情する。しかし、疲れた身体に鞭打《むちう》ってまで酒を一緒に飲む義理もなく、光治が大学病院を辞めてから、久保とは疎遠になっていた。

コレクターの世界は狭い。コレクター同士のネットワークで、どこの誰がどのような品物を持っているのか知っている。インターネットが普及した今の時代、その情報網は日本国内はもとより世界まで広がっている。同じジャンルの収集家が日本国内に、しかも同じ地域にいるとなれば、久保が島津を知っている可能性は高い。ことによっては、自慢の収集物を持ち寄り、酒を酌み交わしていてもおかしくはない。

光治は早速、久保に連絡を取った。

後輩からの久しぶりの電話を、久保は喜んだ。それが酒の誘いだとわかるとなおさら歓迎し、今日にでも会いたい、と受話器の向こうで声を弾ませた。おそらく、病院で一緒に飲む人間がいないのだろう。

店は大学病院から最寄りの、繁華街から少し離れた場所にある料亭にした。人目がなくふたりで話せる場所を選んだ。店の名前を伝えると久保は、そんなかしこまった場所ではなく、気楽に飲める店にしよう、と言った。久保が言う気楽に飲める店というのは、女がいる店を指す。光治が、久保さんは口が肥えているからいい店を用意しました。気楽な店は二軒目に行きましょう、と言うと、褒められたことがまんざらでもなかったようで、それ以上、反対はしなかった。

十年ぶりに会う久保は、驚くほどに痩《や》せていた。以前は厚い頰の肉で目立たなかった鷲鼻《わしばな》が、頰がこけたことでかなり目立つようになっていた。大きな目だけは変わらずぎょろぎょろしている。

「糖尿だよ」

尋ねる前に、久保は自分から痩せた理由を口にした。二年前の定期健診で見つかり、今はインスリンを打っているという。

糖尿に酒はよくない。誘って大丈夫だったのか、と尋ねると、糖尿になる原因はストレスもある。酒はストレス解消だから飲んでもいいんだ、と理由をこじつけて、猪口《ちょこ》の酒を一気に飲み干した。それを聞いて、ほっとした。久保には悪いが、酒を飲まない彼に用はなかった。

この十年で容貌《ようぼう》は変わったが、酒が入ると口が軽くなるところは変わっていなかった。二合の銚子《ちょうし》が四本も空いた頃には、今の大学病院の人間相関図や勢力図が、光治の頭の中にすべて入っていた。

久保は次期院長選の行方から、医師と看護師の不倫スキャンダルまで、光治が口を挟む間もなく話し続ける。ゴシップ好きな看護師ならば目を輝かせて喜ぶだろうが、光治には院内政治はもとより、他人の色恋沙汰《ざた》などまったく興味がなかった。しかも、今日、久保と飲む理由はまったく別なところにある。光治は話の流れを変えた。

「そういえば、趣味のほうはどうなんですか。久保さん、陶芸が好きでかなりのコレクションをお持ちでしたよね。今でも集めていらっしゃるんですか」

光治を家に引きずり込んだことを忘れているのか久保は、よく知ってるな、と目を丸くした。光治が、一度ご自宅におじゃまして拝見しました、と答えると、あの頃よりさらに増えた、と自慢げに鼻を膨らませた。

それからしばらく、久保のコレクションの自慢話が続いた。光治にとってはどうでもいい話だったが、久保の機嫌を損ねては元も子もない。さも関心があるような素振りで聞いていた。

久保がひと息ついて、酒に手を伸ばした。区切りのいいところを見計らって、光治は本来の目的に入った。

「それほどのコレクションをお持ちなら、見せてほしい、と訪ねてくる人がいるんじゃないんですか」

そうなんだよ、と久保は表情を大きく崩した。医師の中にも陶器を収集している人間は多く、学会の出張先で相手の自宅を訪ね、コレクションを見せてもらうことがある。その逆で、久保の地元で学会が開催されたときは、医師仲間のコレクターたちが、数人で自宅に押し寄せたと言う。

「有路《ありじ》という男がいるんだが、そのときの彼が見物《みもの》でね。私のコレクションの中でどうしても欲しい茶器があって、言い値でいいから譲ってほしい、と聞かないんだよ。私がどうしても譲らないと言ったときの彼の顔ときたら」

言いながら久保は、美味《うま》そうに酒を飲む。医師仲間の話などどうでもいい。光治は話の矛先を操作した。

「コレクターは全国に散らばっていると聞いたことがありますが、このあたりでは久保さん以外に収集家はいるんですか」

猪口に酒を注ぐと、久保はちびちびと口にしながら思案顔をした。久保の口から幾人かの名前があがる。光治は島津の名前が出るのを待った。出なければ自分が振ろうと思っていた。しかし、久保は何人目かで島津の名前を出した。

「島津邦明。あいつもコレクターといえばコレクターだろうな。素人から見れば」

快哉《かいさい》を叫びそうになる声を喉《のど》の奥に押し込み、そ知らぬ顔で話を合わせた。

「ああ、名前は聞いたことがあります。たしか、島津建設の社長じゃなかったかな」

そうそう、と言いながら、久保は島津のことを語りはじめた。久保にとっては、それまでに話題にした者たち同様、単なるうわさ話なのだろうが、光治にとっては待ち望んでいた情報だった。

久保の話によると、島津は自分が設立した島津建設株式会社の代表取締役という役職のほかに、多くの肩書きを持っていた。地元企業の代表者が在籍するロータリークラブの副幹事や、NPO法人のゴルフクラブ顧問、市が設立している環境改善推進協会の副理事も務めている。ほかにも、聞いたことがないような団体の名誉会員やご意見番のようなことも引き受けていた。一貫性のない活動から、島津が並外れた名声欲の持ち主であることが窺《うかが》えた。

だが、そんな島津にも、純粋に楽しんでいる趣味があった。それが、陶芸だった。

島津は以前から焼物に興味があり、自宅には備前《びぜん》、九谷《くたに》、益子などありとあらゆる焼物が飾られているという。その数だけは日本でも有数のものだというが、金にものを言わせて買い漁《あさ》る品のない収集のしかたは、陶器コレクターの間で不評を買っているのだ、と久保は言った。

「コレクションはなかなかのものらしいが、とても見に行く気になんかなれないね。あいつをコレクターとは認めたくない」

どうやら、島津と面識はないらしい。それにしても、と言って久保は、不機嫌な表情を一変させ冷笑した。

「恥知らずはどこまでいっても恥知らずだよな」

久保が言っているのは、陶芸教室のことだった。陶芸をよく知らない者が講師などちゃんちゃらおかしい、と言いたいのだ。光治ははじめて耳にする振りをした。

「建設会社の社長はコンクリートだけではなく、土も練るのですか」

光治の厭味《いやみ》を、久保は笑いながら否定した。教室の代表者は島津の名前になっているが、実際、指導に当たっているのは別な人間のようだった。教室をはじめた頃は、島津自らが講師を務めていたのだが、付け焼刃の修業で人に教えられるわけもなく生徒はどんどん減っていく。さすがに島津もこのままではまずいと悟ったらしく、臨時講師を雇った。この講師が腕も人柄もよく、一度減った生徒数は再び増えて、今では常に一定数の生徒を抱えているという。

「じゃあ、彼は教室に行ってないのですか」

いや、と言って、久保は煮物に箸《はし》を伸ばした。

「人に教える腕がなくても、生徒がつくった作品を講評するだけで満足らしい。どんなに忙しくても、教室にだけは顔を出しているみたいだ。社長業なんて気ままなものだな」

料理をすべてたいらげると店を出た。そのあと、ホステスがいる店に行った。すっかり出来上がっている久保は、さっそく上機嫌で店の子にちょっかいを出している。

光治は久保の前で請求書を自分に回してもらう算段をつけ、適当な用事を理由に席を立った。久保は支払いが光治持ちだとわかると、無理に引き止めなかった。ホステスの肩を抱く久保の頭の中には、今夜このホステスをどうやって持ち帰ろうか、という欲望しかないのだろう。

家に帰ると、今日、久保から聞いた一部始終を美津子に伝えた。美津子はダイニングの椅子に座り、黙って話を聞いていた。光治が話し終わると顔をあげて、島津の陶芸教室に通う、と言った。生徒になり、島津に近づくのだと言う。

光治は止めた。美津子の計画に乗り島津の身辺を探ってはみたものの、いざ実行に移す段になると迷いが出た。しかし、美津子の決意は固かった。光治がいくら止めても、首を縦に振らない。明日にでも教室に行くという。本当に行くのか、と気持ちを確かめると、美津子は深くうなずいた。

翌日は一日中、仕事が手につかなかった。患者の診察中も、美津子のことが頭から離れなかった。島津と会えたのだろうか。会えたとしたら、美津子はどのような態度をとるのだろう。息子の仇《かたき》を目の前にして我を失い、摑《つか》みかかっているのではないかなどと、悪い想像ばかり浮かんでくる。一日の診察を終えると、光治はどこにも立ち寄らずにまっすぐ帰宅した。

光治を出迎えた美津子の表情は暗かった。どうやら島津に会えなかったようだ。

美津子の話では、教室の受付で受講申込書に偽りの住所を書き、苗字《みょうじ》だけ偽名にして記入したという。三カ月分の受講費を払い、教室に案内されたが、そこに島津の姿はなかった。事務員に、島津先生はいないのか、と尋ねると事務員は、教室開講時はよく来ていたが、最近はほとんど代理の講師に任せているのでここには来ない、と答えた。

久保の奴、適当なことを言いやがって。

光治は心で毒づいた。しかし、込みあげた怒りはすぐに沈んだ。島津と会えなければ、この計画は成り立たない。美津子も計画の実行を諦《あきら》めるかもしれない。そんな思いが頭をよぎった。

しかし、美津子は諦めなかった。

島津は来ないと説明する事務員に、美津子はとっさに嘘をついた、と言う。

教室のホームページには、島津の陶芸作品が載っていた。それを思い出し、島津先生の作品に惹《ひ》かれてこの教室を受講した、ぜひ、先生にご教授願いたい、どうしたら先生に会えるのか教えてほしい、と尋ねた。事務員はしばらく考えていたが、何かを思い出したように席を立つと、奥から一枚のチラシを持ってきた。

「それが、これよ」

美津子は光治に、チラシを差し出した。チラシには『個展　島津邦明の陶』と書かれていた。上手《うま》いのか下手なのかわからない無骨な器の写真が印刷されている。

「島津は年に一度、自分の作品の個展を開催しているの。会場に行けば先生にお会い出来るはずです、って事務員が言ってた」

開催期日は半月後の日曜日から、一週間の予定だった。

「私、個展に行くわ」

　美津子が言う。

「行ってどうするんだ」

　尋ねる光治を、美津子は強い眼差《まなざ》しで見た。

「島津に会う」

　美津子は、思いつく限りの手段を用いて島津に近づく、と言った。

「島津はプライドが高い男よ。そのプライドをくすぐるの。おだてて褒めまくって下手に出る。何がなんでも私を印象づけて、ぜひ、先生と陶芸に関してお話がしたいって懇願する」

　美津子の計画は、島津が乗ってこなければ破綻《はたん》するものだった。勝算は予測し難い。

「食いついてこなかったらどうする」

　光治が尋ねる。

「別な方法を考えるわ」

　標的も定めず、見えない的に闇雲に矢を射るようなものだ。やはりこの計画は無理だ。

　美津子の答えに、光治は首を横に振った。美津子は、悠然と微笑んだ。

「大丈夫よ、あなた。あの子がついているんだもの」

　美津子は光治の手を取った。

　顔をあげて美津子の目を見た。

背筋が凍った。

口元は微笑んでいたが、目は笑っていなかった。冷たい表情の中で、目だけが異様な熱を帯びている。執念、という文字が、脳裏に浮かんだ。

光治の手を握る美津子の手に、力がこもった。

「どんなことをしてでも、島津を陥れてみせる」


個展の初日、美津子は入念に身支度をしていた。

美津子は普段、目立たない地味な洋服を着ている。色はグレーや茶など落ち着いたものので、デザインもシンプルなものが多い。しかし、この日は派手な色使いで肌の露出が多いものにした。化粧も素顔に近いメイクから、濃いものにした。ほとんどつけたことがないマニキュアも塗った。すべて島津の気を惹くためだ。

個展は市内の中心部にある、アートギャラリーで開かれていた。光治は会場の近くまで、美津子を車で送った。

「いってきます」

車から降りた美津子の髪を、風が掻《か》きあげた。

美津子が歩道を歩いていく。その姿は別人だった。貞淑な妻から妖艶《ようえん》な女に変わっていた。洋服や化粧でここまで女は変わるものなのか、と不思議な思いで光治は自分の妻である女を眺めた。

横断歩道に差し掛かったとき、ひとりの男がすれ違いざまに美津子を見る。服を透かして見るような遠慮のない視線だ。光治の胸に、腹立たしさにも似た痛みが走った。

光治は戸惑った。その痛みは若い頃によく感じたものだった。美津子がほかの男と楽しげに話していたり、美津子に好意を寄せている男がいると聞いたときに感じた痛み。美津子と夫婦になり二十年が経った。まもなく五十歳になる。人生の半ばを過ぎた胸に、まだこんな青い感情が残っていたのか、と自分でも驚く。

歩道の奥に小さくなっていく美津子の背を、光治は見つめた。

美津子はこれから島津に近づく。島津はどんな目で妻を見て、美津子はどのように見つめ返すのだろう。どんな会話をして、笑顔を交わし合うのか。

胸の中の痛みが、さらに増していく。光治はアクセルに足を置いたまま、しばらく踏み出せずにいた。

美津子から電話が入ったのは、午後の一時過ぎだった。美津子と別れてから、二時間が過ぎていた。

近くの喫茶店で時間を潰《つぶ》していた光治は、すぐに迎えに行った。

美津子は会場から、歩いて十分ほどのところにあるコンビニの前で待っていた。光治が車を横に乗り付けると、すばやく後部座席に乗り込んだ。

「どうだった」

車を発進させながら聞いた。美津子は後ろで、大きく息を吐いた。

「吐き気がする」

「具合が悪いのか」

ハンドルを切りながら、バックミラーで美津子を見る。

美津子は、違う違う、と手を振って苦笑した。

「島津のことを考えただけで、気分が悪くなるって意味よ。身体の具合はとてもいいわ。病気なんて嘘みたい」

言葉に偽りはないようだった。気が昂《たかぶ》っているせいか、頬がほんのりと上気している。血行がいい。美津子の言うとおり、身体を病魔が蝕《むしば》んでいるなんて嘘のようだ。

背中の痛みはないか、と尋ねると美津子は首を横に振った。

「痛み止めが、よく効いているみたい」

美津子が飲んでいる薬は、通常の痛み止めより強いものだった。要求したのは本人だ。痛みで動けなくなっては、計画が駄目になってしまう。だから、強い痛み止めがほしい、と美津子は言った。

強すぎる薬は身体に負担をかける場合がある。やめたほうがいい、と反対したが、美津子は首を縦に振らなかった。強い眼差しで、自分の思い通りにさせてほしい、と光治に訴えた。その瞳《ひとみ》に光治は抗《あらが》えなかった。美津子が望むままに薬を処方した。

「個展に島津が来てた」

リアシートに身を沈めて、美津子はつぶやいた。

主催者のほとんどは初日に顔を出す。必ず、島津は会場にいる、と言う美津子の予測は当たっていた。

美津子の話では、二十坪ほどの会場は、入れ替わり立ち替わり客が出入りしていた。所詮《しょせん》、素人の個展だ。来客の大半が身内だ。その証拠にみな顔馴染《かおなじ》みらしく、親しげに島津に挨拶《あいさつ》をしていたという。

人が途切れたところを見計らって、島津に声をかけた。見慣れない客を気にしていたのか、声をかけられた島津は美津子を上から下まで眺めて身元を尋ねた。

「あなたが轢《ひ》き殺した子供の母親です。そう喉《のど》まで出かかったわ」

美津子が後部座席で自嘲《じちょう》気味に笑う。

偽の氏名を名乗り、陶芸教室の事務員に言ったことと同じことを話した。ホームページで先生の作品を拝見して魅了された。どうしてもお会いしたくて今日ここに来た、お会い出来て光栄です、と伝えた。

見ず知らずの人間からの褒め言葉に島津は喜び、陶芸の薀蓄《うんちく》を嬉々《きき》として美津子に語ったという。

島津と話している間、憎しみが込みあげてきて、冷静でいるのが大変だった、と美津子は言った。

「これ、島津の名刺」

美津子は運転中の光治が見えるように、バックミラーに名刺を向けた。

「裏に島津の携帯番号が書いてあるの。私に渡すとき、島津が自分で書いた。あいつが書かなかったら、私から催促するつもりだったけれど、手間が省けてよかった」

窓から差し込む陽に、美津子は名刺をかざす。

「私が、ぜひ教室で教えてほしい、って言ったら、来週あたり教室に行きますよ、って言ってた。ほんとに来るかわからないけれど、これさえあれば、こっちから連絡はつけられる。島津に会う方法はいくらでも考えられる」

信号が赤になった。

ブレーキを踏む。

会話が途切れた。

バックミラーで美津子を見た。

先ほどまで生き生きとしていた美津子の表情が沈んでいた。リアシートにもたれかかり、うつろな目をしている。

「どうした」

後ろを振り返った。美津子は空を見つめていた。

「あの男、やっぱり私のことを知らなかった。一度でも卓に線香をあげに来ていれば、私が誰だかわかったはずなのに。そうすれば、今回の計画は避けられたのにね」

悲痛な表情だった。仇《かたき》とのはじめての対面は、美津子に息子を失った直後の憎しみと悲しみを蘇《よみがえ》らせたのかもしれない。

後ろの車のクラクションが鳴った。

信号が青になっていた。

光治は無言でアクセルを踏んだ。

9

証言台の男は、視線をせわしなく動かしていた。誰かを探しているわけではない。誰とも目を合わせたくないから、空をさ迷わせているだけだった。

「五十嵐雅司《いがらしまさし》さん、ですね」

真生の声が法廷に響いた。傍聴人たちの目が男に注がれる。五十嵐と呼ばれた男は、びくりと肩を震わせた。怯《おび》えた目で、検察席に立つ真生を見る。身体を折るようにして背を丸める姿は、まるで被告人のようだった。

「名前に間違いないですね」

念を押す。五十嵐は慌ててうなずいた。真生は手元の書類に目を落とし、証人尋問をはじめた。

「五十嵐さん、年齢は五十五歳ですね。地元のタクシー会社に勤めて、もう二十年以上になるのですか」

五十嵐は、はい、と答えると、人差し指で鼻の下を擦《こす》った。

真生は証言台に向かうと、五十嵐と向かい合う姿勢をとった。

「あなたは今回の事件が起きた昨年の十二月十九日、何をしていましたか」

五十嵐は身を硬くして、何かつぶやいた。だが、声が小さくて聞き取れない。一番近くにいる真生ですら聞きとれないのだから、法廷の誰もが聞こえなかっただろう。もう少し大きな声で話してください、と言おうとしたとき、先に裁判長の寺元が注意をした。五十嵐は今にも泣きそうな顔をして肩をすくめた。深く息をして、それでもやっと聞き取れるくらいの声で話しはじめた。

「その日は遅番で、夕方五時から仕事でした」

「土曜日は普段より忙しいのですか」

よほど緊張しているのだろう。五十嵐は答えになっていない返答をした。

「土曜日ということもあって、いつもより乗客を乗せました」

それ以上、追及せずに真生は質問を変えた。

「あなたはいつもどのように、客をとっているのですか。例えば、市内を回ってフリーの客をとっているとか、駅や空港など、どこか決まった場所に待機して客を乗せるとか」

「平日は社で待機したり、市内を回って客をとっています。土日は決まった場所に待機しています」

「それはどこですか」

緊張で唇が乾くのか、五十嵐はひっきりなしに唇を舐《な》める。

「グランビスタホテルです」

真生は誰に言うでもなくつぶやく。

「被害者が発見された場所、ですね」

「はい、そうです」

五十嵐は律儀に返事をする。

「あなたが被告人を車に乗せたのは、何時でしたか」

真生は本題に入った。

「夜の九時三十五分です」

「間違いありませんか」

五十嵐の顔が赤くなる。

「間違いないです。客の乗車記録は、毎回ちゃんとつけてますから」

自分の取柄は真面目なことだ、とわかっているのか、五十嵐は、疑われるような発言が耐えられない、というような顔をした。

「行き先はどこでしたか」

五十嵐は被告人の住所を答えた。

「自宅の前まで乗りつけたのですか」

五十嵐は首を捻《ひね》る。

「さあ、でも近くだとは思います」

「どういう意味ですか」

「そこの家の前で止めてほしい、という言い方じゃなくて、そこの角で降ろしてほしい、という言い方でしたから。でも、あの辺りは住宅地だから、立ち寄る店はありません。だから、家が近くなんだろうな、って思ったんです」

納得したように、真生がうなずく。

「被告人が車に乗ったときの様子は、どうでしたか」

五十嵐は顔をしかめた。

「ひどく動揺していました」

「なぜそう思ったのですか」

「額に汗を掻《か》いていましたから」

「真夏でもないのに、汗を掻いていたんですか」

五十嵐はうなずいた。

「ハンカチで額や首を、何度も押さえていました。声も少し震えていました」

「ほかにどんな様子でしたか」

真生はさらに問う。

「早く出してほしい、と言われました」

真生は言葉を補足した。

「急いで自宅に向かってほしい、ということですか」

五十嵐は、いいえ、と答えた。

「行き先に向かうというよりは、早くこの場を離れたいというような感じでした」

「なぜそう思ったのですか」

「なんだか、あせっているみたいでしたから、お急ぎですか、って聞いたんです。何時までに着きたいとかありますか、と。それなら、こっちにも走り方がありますからね。時間に合うように送り届けるのがプロですから」

プロ、と言うとき、五十嵐はわずかに胸を張った。

「被告人は何と答えましたか」

五十嵐は普段の姿勢に戻った。

「違う、と答えました。だから、急いでるというよりも、早くこの場を離れたいんだな、って思ったんです」

なるほど、とつぶやくと、真生は床に落としていた視線を五十嵐に向けた。

「ほかに被告人は、どのようなことを言っていましたか」

「何も言いませんでした」

「何も、ですか」

五十嵐はうなずく。

「行き先を言ったあとは、黙って窓の外を見ていました」

「気分が悪かったのでしょうか」

少し間が空く。

「そうかもしれません。ハンカチを口に当てていたし、顔色が悪かったから」

法廷に慣れてきたのか、五十嵐は次第に饒舌《じようぜつ》になってきた。

「酒を飲んでいるような様子でしたから、バックミラー越しに、気分悪くないですか、って声をかけたんです。車ん中で吐かれでもしたら大変ですからね。返事次第では車をすぐに止めようと思いました」

「被告人は何と答えましたか」

「大丈夫というようにうなずいて、また外を見ました」

「被告人は大丈夫とうなずきながらも、明らかに普通の状態ではなかった」

質問とも確認ともとれる口調で真生が言う。

五十嵐は即座に返答した。

「はい、普通じゃありませんでした」

真生はまっすぐに五十嵐を見た。

「それは、動揺を悟られたくなかった、とも取れますね」

五十嵐は不思議そうに真生を見た。言葉の意味を、摑《つか》みかねているようだ。真生は言葉をつないだ。

「何か予期せぬ出来事が起こり、被告人は激しく動揺していた。そして、それを隠そうとした。その予期せぬ出来事とは、例えば、以前から揉《も》めていた交際相手を殺害してしまった、とか」

裁判員席に座っている年配の女性の顔色が変わった。殺害、という言葉に反応したようだ。

「異議あり」

佐方が椅子から立ち上がった。

「誘導です」

法廷内の人間の目が、寺元に向けられる。

寺元は金縁の眼鏡の端を、指先で押し上げた。

「異議を認めます。検察官は質問を変えてください」

裁判員の女性は、目の端で被告人を見ていた。その目には、殺人者に対する怯《おび》えの色が浮かんでいた。

真生は書類を閉じると、口元に笑みを浮かべた。

「これで、尋問を終わります」

10

島津が開いている陶芸教室は、週に二回、月曜と木曜の午後に行われていた。

個展が開かれた翌週の月曜日、美津子は教室に出掛けていった。光治は帰宅すると、キッチンへ直行した。美津子は流しで夕食の準備をしていた。

「どうだった。島津は来たか」

声をかけると、美津子は振り返り、口元に笑みを浮かべた。

「来たわ」

美津子の話では、教室に美津子がいるのを見つけると、島津は親しげに話しかけてきたという。美津子が、お会いできて嬉《うれ》しい、と言うと好色そうな顔をして微笑んだ。

美津子はもちろんのこと、教室の生徒も久しぶりに訪れた代表講師をもてはやした。このときすでに、島津には美津子への下心があったと思う。加えて忘れかけていた、先生、と呼ばれる快感も再び呼び起こされたのだろう。その日から島津は、毎回、教室へ姿を現すようになった。

美津子もかかさず教室へ通った。教室があった夜は、島津の様子を光治にこと細かく報告した。今日は自分から島津に声をかけたとか、逆に島津から話しかけられた、などと語る。島津と美津子の会話は、他愛《たわい》のない自己紹介程度のものから、次第に自分の趣味や行きつけの店、旅先での思い出話など、個人的な内容のものになっていった。そのことから、島津と美津子の距離が確実に近くなっていることが窺《うかが》えた。

計画の順調な進み具合を、美津子は嬉しそうに話す。そんな美津子を見ていると、計画をやめよう、という言葉が喉《のど》まで出かかった。計画が進めば進むほど、喜びと迷いと嫉妬《しっと》が胸の中で交錯した。しかし、普段、暗くよどんでいる美津子の目が、島津の話をするときだけは強く輝く様を見ていると、何も言えなくなった。

美津子が教室に通いはじめてひと月が過ぎた頃、光治は教室に足を向けた。美津子がどのように島津に接しているのか、知りたかった。

島津が運営する陶芸教室は、街の中心地から離れた場所にあった。旧街道をどこまでも行くと、竹に囲まれた古民家風の建物がある。敷地の入り口に、島津陶芸教室、と書かれた看板が立っていた。光治は敷地の外れに車を止めた。

格子の引き戸を開ける。中は土間になっていた。足を踏み入れると、土の匂いがした。天井には太い梁《はり》がかかり、土間の真ん中には梁と同じくらい太い柱が立っている。床板や戸板など、建物すべてが黒く輝いていた。その輝きは、長年磨かれたことによる艶《つや》だった。建築物に疎い光治でも、かなり古いものとわかる。取り壊される予定の民家でも移築したのだろう。

土間の奥を見ると座敷があった。格子の衝立《ついたて》と平机が置かれている。昔の帳場を思わせるつくりだ。

机の前にひとりの女性が座っていた。以前、美津子が話していた事務員だろう。光治が靴を脱いで座敷に上がると女性は、ご見学ですか、と声をかけた。光治が、そうだ、と答えると、女性は和紙で出来た記帳簿を差し出した。光治は適当な名前を書いて、女性に渡した。連絡先は書かなかった。女性は記帳簿を受け取ると、この先が教室です、と廊下の奥を指差した。

女性が案内する様子もないので、光治はひとりで教室へ向かった。廊下をどこまでも歩いていくと、中庭に突き当たった。道を間違えたと思い引き返そうとしたとき、庭を挟んだ向こう側に座敷が見えた。座敷に、十数人の男女が長机を挟んで座っていた。みんな器や皿を手に、筆を動かしている。生徒たちだ。座敷が教室になっているのだ。

光治は生徒たちに気づかれないように、庭木の間から座敷の様子を窺った。

座敷の奥に平机が置かれていた。その席にひとりの男が座っていた。島津だった。作務衣《さむえ》を着て、手にしている皿を値踏みするように四方から眺めている。

胸にふつふつと憎しみが込みあげてくる。

島津が席を立った。誰かに呼ばれたようだ。二列に並んだ机の間を通り、窓際へ向かう。

向かった先に美津子がいた。床の間を背に、庭に面するように座っている。光治の位置から、美津子がよく見えた。

島津は美津子の隣に座った。美津子の手元を覗《のぞ》き込み、何やら話しかけている。美津子は手元の皿を見ながら納得したようにうなずくと、ゆっくり顔をあげた。その口元に、妖《あや》しげな笑みが浮かんでいた。

光治は思わず拳《こぶし》を握り締めた。美津子は島津に好意など持っていない。殺したいほど憎んでいる。わかっていながらも、美津子に微笑みかけられ、得意げに笑い返す島津を見ていると、ひりつくような痛みが胸を刺した。

ふいに美津子が体勢を変えた。正座を崩し身体を斜めにする。脚をずらしたせいでスカートの裾《すそ》があがる。白い膝頭《ひざがしら》が覗く。隣にいる島津からは、美津子の脚がよく見えているはずだ。

美津子は膝を島津の腿《もも》に近づけた。島津はにやけた笑みを浮かべると、姿勢を直すふりをして、自分の脚を美津子の膝に寄せた。机の下でふたりの身体が触れた。美津子は顔をあげて、下から斜《はす》に島津を見た。島津も美津子を見下ろした。ふたりの視線が絡まる。

そのときの美津子を、光治は今も忘れない。

そこにいる女は、美津子ではなかった。少なくとも、光治が知っている美津子ではなかった。

美津子は自分から男を誘うような女ではない。そうすることを、恥ずべき行為だと思う女だった。しかし、目の前にいる美津子は違っていた。島津を見上げる視線は悩ましげな艶を帯び、島津に寄せる膝は相手を誘っていた。いつもよりボタンをひとつ多く開けたシャツの胸元からは白い肌が覗き、匂い立つ色香が庭を挟んだ光治のところにまで漂ってきた。

美津子に触れるな。

光治は心の中で叫んだ。炎に焼かれるような痛みが体中を駆け巡り、じりじりと心を焦がしていく。あれは演技だ。目の前でくり広げられている光景は偽りのものだ。そうわかっていてもどうにもならなかった。

数秒とも数分とも思える時間が過ぎ、生徒が島津を呼ぶ声がした。見つめ合っていたふたりの視線が解けた。同時に、光治は息を吐いた。無意識に息を詰めていた。

島津は何事もなかったかのように席を立ち、美津子もまた、同じように皿に筆を載せた。

光治は握り締めていた拳を開いた。手のひらにじっとりと汗を掻《か》いていた。よほど強く握っていたのだろう。手のひらに爪の跡がついている。

いま一度、光治は座敷を見た。島津は別の生徒に、絵付けの手ほどきをしていた。

島津は落ちる。光治は思った。確信だった。

踵《きびす》を返し教室を後にした。後ろは振り返らなかった。とにかく今は、早くこの場を立ち去りたかった。


島津が自分に興味を持ったことを確かめると、美津子は次の行動に移った。夜、頻繁に出掛けるようにした。近隣の住人に、男が出来たと思わせるためだ。

それまで美津子は、夜に家を空けることは滅多になかった。仕事をしていれば付き合いで飲む機会もあるのだろうが、働いていない美津子が外で飲むのは、半年に一度、学生時代の友人と会うときくらいのものだった。それを、週に二、三回は外出するようにした。夜七時くらいに出かけて、深夜に戻る。実際は家を出たあと、予約したビジネスホテルで時間を潰《つぶ》していた。

帰りはタクシーを使った。わざと家の前に乗りつけて、家から出てきた光治と口論したこともある。光治は美津子の浮気を責め、美津子は光治に別れを迫った。深夜の静かな住宅街に、ふたりの声はよく響いた。もちろん芝居だった。すべて、美津子に男がいるとまわりに思わせるための計画だった。

思惑通り、近所の住人は美津子が浮気していると思い込んだようだった。いつもなら玄関先で光治を見かけると、愛想よく話しかけてくる隣の奥さんが、光治を避けるようになった。ぎこちなく微笑み、そそくさと家の中に入っていく。朝、ごみを捨てに行くと、ごみ収集場の前で立ち話をしている主婦たちが、急ぎ足で散っていく。町内のうわさ話は、光治が思っていたより、早く広まるもののようだった。

陶芸教室のほうも、手抜かりはなかった。

美津子は教室が終わると、数人の生徒をお茶に誘った。話好きで口が軽そうな女性たちを選んだ。最初は陶芸や家族の話など他愛もない会話だったが、気心が知れてくると、話は人のうわさになっていった。内容はもっぱら、教室の誰と誰は仲が悪いとか、あの人とこの人は付き合っているなど、人間関係に関わるものだった。

そのうち、話は自然に島津のことになった。彼女たちは島津と美津子の関係をさりげなく探ってきた。島津先生は美津子さんがお気に入りよね、とか、教室の外で会ったことはあるのかしら、などと聞いてくる。教室でふたりのやり取りを見ている人間ならば、興味を持つのは当然だった。

こちらとしては、聞いてくることを見越しての茶の誘いだ。思惑通りの展開にほくそ笑む。美津子はあらかじめ準備していた答えを口にした。明確に関係があるとは言わないが、あるように匂わせた。

彼女たちとお茶を飲んだ日の夜、美津子は光治に向かって、必ず同じ言葉をつぶやいた。

「みんな私を、羨《うらや》ましいって言うの。夫婦ふたりでお金の心配もなく、好きなことをして暮らしている。そのうえ、恋愛も楽しんでいるって。何不自由なく、悠々自適に暮らしているように見えるんでしょうね」

教室では、光治は個人事業主になっていた。子供はつくらなかったことにしている。

ティッシュで口紅を拭《ふ》き取りながら、美津子は淋《さび》しそうに笑った。

「現実は残り少ない命で、息子の復讐《ふくしゅう》のためだけに生きているのにね」

「お前は、それでいいのか」

光治は尋ねた。

計画を実行すれば、不貞を働いていたという汚名にとどまらず、痴情の果てに殺人事件まで引き起こした女、という汚辱を被ることになる。息子の復讐のためとはいえ、お前はそれでいいのか。

美津子は少し驚いたような顔をして、すぐに首を横に振った。

「私はどう思われてもいい。どんな罵声《ばせい》を浴びてもいい。卓の仇《かたき》が討てれば、それでいいの」

迷いのない声だった。美津子は命だけでなく、すべてを捨てて復讐を果たす覚悟なのだ。

美津子は少し間をおいて、逆に問い返した。

「あなたは、いいの」

詫《わ》びるような、それでいて縋《すが》るような目だった。光治は唇をきつく嚙《か》むと、テーブルの向こうにいる美津子の手を取った。強く握ることで、問いに答える。美津子は静かに微笑んだ。

夏が終わり秋風が吹きはじめた頃、島津から誘いがあった。美津子と酒を酌み交わしながら、ゆっくり陶芸の話をしたいという。教室に通いはじめてから、ふた月が過ぎていた。ここまでくれば、島津が美津子をホテルに誘うのは時間の問題だった。

光治は美津子とふたりで、島津と密会するホテルを物色した。いくつか見てまわり、隣の米崎市にあるグランビスタホテルを選んだ。駅から車で二十分ほどのところにあるハイクラスのホテルだ。英国風の建物が女性に人気がある。

週末、美津子とそのホテルに泊まった。現場となる部屋を、あらかじめ調べておく必要があった。部屋はダブル、夕食はルームディナーを頼んだ。島津と美津子が会う場面をそのまま用意した。

風呂《ふろ》やベッドの位置、部屋の備品をチェックする。何より重要なのは凶器となるディナーナイフだった。

ディナーに使われている食器やカトラリーは、すべてフランスの有名ブランドのものだった。部屋に料理を運んできたボーイに、いい食器を使っているね、と声をかけるとボーイは、いい器で美味《おい》しい料理を楽しんでいただきたいというオーナーのこだわりです、と答えた。

翌日、百貨店に立ち寄り、ホテルで使われていたものと同じナイフを購入した。家に戻ると、買ったばかりのディナーナイフをダイニングテーブルの上に置いた。

「こんなもので、本当に人が殺せるの」

美津子は真新しいナイフを四方から眺めた。光治はナイフを手に取ると、照明にかざした。

「ああ、殺せる」

明かりに反射して、刃が銀色に光る。

ニュースで流れる刃物を使った殺傷事件は、凶器が刺身包丁やサバイバルナイフのように、刃渡りが長く鋭利なものが多い。それに比べると、ディナーナイフは刃が短い。デザインも丸みがあり滑らかだ。美津子が殺傷能力を疑うのも無理はなかった。

しかし、人体の構造をよく知っている光治から言わせれば、殺傷能力と見た目は無関係だった。皮膚の表面から臓器に達する長さがあれば、人は殺せる。個人の体格で多少の違いはあるが、皮膚の表面から心臓までの深さは、平均十センチ前後。ディナーナイフの刃の長さはおよそ十センチ。殺すのは十分可能だ。

だが、それには条件が必要だった。

心臓や肺などの臓器は、肋骨《ろっこつ》に覆われるように守られている。刺身包丁やサバイバルナイフは先端が鋭く、刃が皮膚に突き刺されればあとは勢いで心臓を貫ける。先端に丸みのあるディナーナイフの場合、それが難しい。ナイフの先が肋骨に当たった場合、骨に遮られて心臓に達しないことも考えられる。死に至らしめるには、骨と骨の間に確実に、ナイフを突き刺さなければならない。

美津子は自分の胸に手を当てて、光治に尋ねた。

「どこを突き刺せばいいの」

光治はテーブルの向かいに座る美津子の胸に手を伸ばした。

「ここと、ここの間だ」

肋骨の五番と六番をなぞる。心臓はその奥にある。

美津子は光治が触れた場所をしばらくなぞっていたが、ナイフを手に取ると光治が示した場所に刃を当てた。

「ここ？」

胸に刃を向けたまま、光治を見る。

光治はうなずいた。

「そうだ」

「そう、ここなのね」

美津子は席を立つと、電話台に向かった。台の下から電話帳を取り出す。美津子は光治にナイフを渡すと、電話帳を胸に抱えた。

「これを身体だと思って、突き刺して」

光治は驚いて美津子を見上げた。真剣な眼差《まなざ》しが光治を貫いた。

「どのくらいの強さで刺すのか、知りたいの」

光治は視線を外した。

「今じゃなくてもいいだろう」

いつ、が問題ではなかった。美津子から目を背けたいだけだった。

汚名も罵声もすべて引き受けるという、美津子の覚悟を知ったとき、自分も腹を決めようと思った。しかし、ナイフを持つ美津子を見るのは、やはり辛《つら》かった。

だが、美津子は引かない。光治の手を取り、お願い、と迫る。光治は躊躇《ためら》いながら立ち上がった。柄を両手で握り、ナイフを思いきり電話帳に突きたてる。

どん、という重い音がして、美津子がよろめいた。

「大丈夫か」

後ろに倒れそうになる美津子の背を支える。

ナイフは電話帳に、二センチほどの傷をつくった。美津子は意外そうに手許《てもと》を見た。

「あんなに強く突いても、これしか突き刺さらない。思ったより力が必要なのね」

料理で包丁を使う場合、のこぎりのように引いて切ることはあっても、突き刺すことはほとんどない。手術で肉にメスを入れたことのある光治は、経験でどのくらいの力が必要か見当がつく。しかし、肉塊に刃を突き入れたことがない美津子には、わからなくて当然だ。

「そうだな、身体ごとぶつかっていくぐらいの力が必要だ」

光治は電話帳からナイフを引き抜くと、テーブルに置いた。そのナイフを今度は、美津子が手に取った。

「かなり、血が出るんでしょうね」

刃を指でなぞる。ナイフを見つめる美津子の目に、光治は悪寒が走った。暗い情念を秘めた目。これを人は殺意と呼ぶのかもしれない。

光治は美津子から乱暴にナイフを取り上げた。

「普通の人間は、多量の血を見る機会なんて滅多にない。たいがいは血を見ただけで動揺する。殺すつもりで切りつけた犯人が、防御創をつけただけで恐くなり逃げ出す例も少なくない」

「ぼうぎょそう」

美津子が問う。光治は、加害者から襲われて抵抗した際につく傷のことだ、と説明した。

そう、と美津子はつぶやき、光治に微笑んだ。

「私は血を見ただけで恐くなって逃げ出すなんてことはしない。大丈夫よ」

美津子は光治に電話帳を差し出した。

「今度は、あなたが持って」

言われるまま、電話帳を受け取る。

「かまえて」

電話帳を胸に抱えると、美津子は身体ごとぶつかってきた。足を踏ん張り衝撃を受け止める。電話帳を見ると、光治がつけた穴の横にもうひとつの穴が開いていた。美津子が突き刺した跡だ。光治がつけたものより浅い。

「もう一回」

美津子は光治が止めるまもなく、ナイフを構える。慌てて電話帳を抱え直す。美津子は先ほどより強い力で、光治にぶつかってきた。刺しては抜き、抜いては刺す。同じことを何度も繰り返す。衝撃を受け止める光治の額に、汗が浮かんできた。

「美津子、もうやめなさい」

美津子はやめなかった。何かにとり憑《つ》かれたように、電話帳にナイフを突き立てる。鬼気迫る表情に、光治は息をのんだ。

「いいかげんにするんだ」

力ずくで、美津子からナイフを奪う。

美津子はぶつぶつと何かをつぶやいていた。耳を澄ますと、もう少し、もう少し、と繰り返していた。

もう少し、という言葉が何を意味するのか、光治にはわからなかった。もう少し力が必要だ、ということなのか、もう少しこのままでいさせてほしいと言いたいのか、それとも、復讐《ふくしゅう》を成し遂げるまでもう少し、という意味なのか測りかねる。

辛かった。自分が美津子と代わってやりたかった。やり場のない悲しみと辛さに、目頭が熱くなった。

光治は電話帳を床に放りだし、美津子を強く引き寄せた。美津子の瘦《や》せた背中が、大きく波打っていた。美津子を抱く腕に力を込めた。震えは次第に嗚咽《おえつ》に変わり、慟哭《どうこく》になった。美津子は光治のシャツの背を摑《つか》んで、声をあげて泣いた。

11

青年は胸を張るように、証言台へ進み出た。

足を揃え、手を前で組む。姿勢がいい。その姿から、日頃の勤務姿勢が窺《うかが》える。

真生は席を立ち、証言台に近づいた。青年は微動だにしない。じっと前方を見据えている。年は若いが、落ち着いた印象を受ける。

真生は法壇に座る裁判員たちを一望してから、青年に視線を移した。

「田沢広《たざわひろし》さん、ですね」

「はい」

台詞《せりふ》を読むような口調だ。

「お勤めはどちらですか」

田沢は変わらない口調で答えた。

「米崎市のグランビスタホテルです」

「今回の事件の現場になったホテルですね」

現場、という言葉に、田沢の顔がわずかに曇る。田沢はうなずくことで、真生の質問に答えた。

「ホテルで田沢さんは、どのようなお仕事をされているのですか」

「フロント係、です」

真生は、フロント係、と繰り返した。

「事件の翌日、田沢さんは勤務されていましたね」

田沢は、はい、と答えた。

「ホテルの勤務体制はシフト制で、二十四時間お客様の対応をします。日曜日、私は午前九時から午後六時までの早番でした」

「そして、事件に遭遇した」

真生は言葉を引き継いだ。

その日、早番だったことを恨むかのように、田沢は下唇を噛《か》み締めた。

「田沢さんは事件の第一発見者です。被害者を見つけたときの様子を、ありのまま話してください」

言われても、田沢はしばらく俯《うつむ》いたままじっとしていた。しかし、大きく息を吐くとゆっくりと顔をあげ、記憶を辿《たど》るように空を見つめた。

「ホテルは通常、十時がチェックアウトになっています。ロングステイプランという、チェックアウトが遅いプランもありますが、今回、事件に遭われたお客様は通常のプランで予約していました。しかし、お客様は十時を過ぎても降りていらっしゃいませんでした」

「それで、田沢さんはどうしたのですか」

「十時半に一度、内線で一二〇七に電話をかけました。一二〇七とはお客様が泊まっていらした部屋の番号です。でも、お出になりません。支度に手間取っているのかと思い、しばらくしてから、もう一度、内線を入れました」

「二度目の電話をかけたのは、何時でしたか」

警察の事情聴取で何度も聞かれたのだろう。田沢は迷うことなく即答した。

「十時四十五分頃です」

田沢は話を続ける。

「二度目の電話にもお出にならないので、上司に連絡をとりました。事情を説明して、場合によっては合鍵《あいかぎ》を使いたいから立ち会ってもらいたい、と頼みました。私はホテルマンの仕事について六年になりますが、ホテルにはさまざまなお客様がいらっしゃいます。多くのお客様は規則にしたがって問題なく利用していかれますが、中にはそうではないお客様もいます」

「そうではない、というと」

真生が尋ねる。

「難癖をつけて料金を払おうとしなかったり、チェックアウトの時間にルーズなお客様です。そのようなお客様には手を焼きますが、別な意味で大変なのはご病気のお客様です」

「腹痛や発熱を起こす客のことですか」

田沢は否定するように、首を横に振った。

「腹痛や発熱程度でしたら、ホテルに常備薬はありますし、救急病院へ連れて行くことも出来ます。私が言う病気とは、意識を失い倒れているようなケースです。例えば脳溢《のういっ》血《けつ》とか急性心不全とか。特にひとりでご宿泊されている方は危ないです。お連れ様がいれば異変にすぐに気づくので、大事に至らないケースもありますが、ひとりで宿泊されていると誰にも気づかれず、倒れてから時間が経ってしまい、手遅れになる場合がありますから」

緊張はしているが、言葉はすらすら出てくる。接客業だからか、話すのは慣れているのだろう。

「田沢さんは、そのようなケースに遭遇したことはありますか」

真生の質問に田沢は、一度だけ、と言ってふたたび俯いた。

「勤めて間もない頃でした。ひとり旅のご婦人でしたが、チェックアウトの時間になっても降りていらっしゃらないので、合鍵を使って部屋に入りました。すると、ご婦人はバスルームで倒れていました。すぐに救急車を呼んで病院へ運びましたが、どうやら脳の血管が切れていたようです。奇跡的に命だけは取りとめましたが、後遺症は残ると聞きました」

「今回も、そのようなケースだと思ったのですか」

今度は顔をあげて、否定した。

「一度は考えましたが、すぐに、それはない、と思いました。今回のお客様はふたり連れです。先ほど申しました通り、ひとりが体調を崩せば、すぐにお連れ様が気づくはずです。おおかた、昨夜、飲みすぎて起きられずにいるのだろうと思いました」

「電話に出た上司の方は、何と言いましたか」

「すぐに部屋へ向かうから、私に合鍵を持ってくるように言いました」

「そして、部屋についた」

田沢は悲痛な顔をした。

「一二〇七号室につくと、私はチャイムを押しました。でも、返事はありません。声をかけながらノックをしていると、上司の部長がやってきました。普段から厳しい顔が、さらに険しくなっていました。返事がない旨を伝えると部長は、合鍵を使うように指示しました。廊下で騒いではほかのお客様の迷惑になるからです。私たちは合鍵を使って部屋に入りました」

田沢の証言が途切れる。記憶を辿ることが辛《つら》いのだろう。

続けてください、と真生が先を促す。田沢は、わかっている、というように数回、首を縦に振り話を再開した。

「部屋の中は遮光カーテンが引かれていて、夜のように暗いままでした。私は入口で、お客様、と声をかけました。やはり返事はありません。私は呼びかけながら、奥へ向かいました。室内の造りは、ドアを開けると左手にクローゼット、その脇にパウダールームとバスルームがあります。部屋はその奥です。私は通路を通り、部屋にさしかかりました。そこで立ち止まりました」

「なぜですか」

真生が問う。

「濃厚なワインの匂いがしたからです。漂うではなく、充満しているといった感じでした。床を見ると、緑色のボトルが床に転がっていました。グレーの絨毯《じゅうたん》に染みが出来ているのを見て、ワインをこぼしたのだ、とわかりました。さらに奥を見ると、料理が散乱しているのが見えました。料理だけではありません。皿やフォークも散らばっていました。すべて、昨夜、ルームディナーでお出ししたものでした」

「その光景を見て、田沢さんはどう思われましたか」

「一番あったのだろうと思いました」

「一番、というと」

自分だけに通じる言葉を使ったことを、田沢は恥じたようだった。かすかに頬が紅潮する。

「諍《いさか》いのことです。夫婦喧嘩《げんか》、痴話喧嘩、親子喧嘩など、諍いは場所や時間を選びません。日常だろうと旅先だろうと、起きるときは起きます」

「話を続けてください」

真生は納得して、続きを促した。

「部屋には、通路から見て正面に備え付けの棚があります。そこにはテレビや備品が置かれています。ベッドは壁際にあります。ベッドは入り口から死角になっています。まだお休みになっているのかと思い、遠慮しながらベッドを覗《のぞ》き込みました。しかし、そこにお客様の姿はありませんでした。いったいどこに行ったのだろう、と不思議に思い部屋を見渡すと、ベッドの陰に何か転がっているのが見えました。よく見るために身を乗り出すと、あるものが目に入りました。そのとたん、身体が動かなくなりました」

「それは何だったのですか」

田沢は思い出したくないというように、きつく目を閉じた。

「二本の脚でした。人間の脚が、床に投げ出されていたのです」

田沢の顔が蒼《あお》ざめてくる。顔色が悪いことに気づいたのだろう。裁判長の寺元が、田沢に救いの手を差し伸べた。

「気分が悪いようなら、少し休憩をとりますか」

田沢は目を開けると、差し出された救いの手を断った。

「大丈夫です。このまま続けます」

嫌なことを一気に終わらせようとしているような感じだ。田沢は話を続ける。

「部長に名前を呼ばれて我に返り、急いで駆け寄りました。ベッドと壁の間に人が倒れていました。バスローブ姿で、腹を抱えるように横たわっていたんです。名前を呼んで、身体をゆすろうとして手を止めました。先ほどお話しした、血管が切れて倒れていたご婦人を思い出したからです。ゆすってはいけないと思い、足元から回り込んで顔を覗き込みました。そのとき、視界の隅に光るものが映りました」

田沢は法廷に入ってから、はじめて真生の顔を見た。

「ナイフでした。ホテルで使用しているディナーナイフが、お客様の胸に突き刺さっていたのです」

法廷内の空気が張りつめる。

田沢は何かに憑《つ》かれたように、早口で話し続ける。

「私は声をあげました。後ろから覗き込んだ部長も、同じような声をあげました。部長は急いで部屋の内線電話に駆け寄ると、フロントへ電話をかけました。フロントに救急車を呼ぶように指示を出すと、そのあと、絶対に騒ぐな、ほかのお客様に気づかれないようにしろ、と付け加えました。部長は受話器を置くと、部屋から出て行こうとしました。私は、自分はどうしたらいいのか尋ねました。部長は、救急車と警察が来るまでここから離れるな、と言いました。私は激しく首を横に振りました。遺体と一緒にいるなんて、一分だって耐えられませんでした」

そこで真生が、話を区切った。

「なぜ、絶命しているとわかったんですか」

「目が開いたままでしたし、何より顔が土色でした。人間のあんな顔色、はじめて見ました」

真生は田沢から手元の書類に、目を移した。

「現場にいたのは、田沢さんと上司の方だけですか」

「部長と私と、亡くなったお客様だけです」

真生は納得のいかない顔をした。

「被害者の連れはいなかったのですか」

「いらっしゃいませんでした」

「先にホテルを出たのでしょうか」

「あとで調べたら、フロントが前の晩の九時半過ぎに、連れの方がひとりでホテルを出て行くのを見ていました」

「その後、連れはホテルに戻らなかった」

真生は確信を込めて言う。田沢は真生を見ながらうなずいた。

「そのようです」

真生は法廷内をぐるりと見渡し、手元の書類を掲げた。

「これは被害者の死体鑑定書です。このあと行われる監察医の証人尋問でも詳しく話を聞きますが、この書類によると胃の内容物の消化状況や死斑《しはん》からみて、被害者の死亡推定時刻は二十時から二十二時の間とみられています。被告人がホテルを出たのは午後の九時半。被害者の死亡推定時刻と一致します」

それまで、証人尋問を黙って聞いていた寺元が口を開いた。

「検察官、質問してください。質問でない部分については、尋問調書から削除します」

真生はうなずき、田沢に向き直った。

「部屋の鍵《かぎ》はオートロックですね」

来ないと思っていたボールを急に投げられたような顔で、田沢は慌てて答えた。

「そうです」

「中から開けるか合鍵を使わない限り、誰も部屋に入れないのですね」

「そのとおりです」

真生は書類に視線を落とした。

「ホテルの廊下には、すべての階に防犯カメラが設置されています。防犯カメラの記録は警察が証拠品として押収していますが、調べた結果、事件の現場となった一二〇七号室に出入りした人物は、被害者と被告人以外は、ディナーを運んだウエイターしかいませんでした。ウエイターがディナーを運んだのは十九時です。食事をすべてセットして部屋を出たのが十九時十分。そのあと、誰も部屋に入っていません。このことから、被害者が殺された時間、現場にいたのは被告人だけだったという事実が証明されます」

「異議あり」

佐方の声が法廷内に響く。

「検察官は先ほど裁判官から注意を受けたにもかかわらず、誘導しようとしています」

裁判長は目だけで真生を見た。

「異議を認めます。検察官は質問してください」

真生は、ひとつだけ、と言って、田沢を見た。

「事件当日、被告人と被害者は何時にチェックインしたのですか」

「男性が午後の六時半、女性が七時です」

「それは、たしかですか」

田沢はわずかに胸を張った。

「お客様が何時にチェックインして何時にチェックアウトしたか、ホテルでは記録管理しています。それで確認しました」

「ふたりは、別々にホテルに入ったのですね」

そこで真生は、唇に人差し指を当てて何か考えるような仕草をした。そして、おもむろに顔をあげると田沢に向き直った。

「田沢さんはホテルに六年お勤めになっている、とおっしゃいましたね」

改めて確認されると思っていなかったのだろう。意外な質問に田沢は目を丸くした。

「ええ、そうです」

「今までにさまざまなお客様を見てきた、とも言いましたね」

真生が何を聞きたいのか測りかねているのか、田沢は思案顔で、ええ、と答えた。

「普通、待ち合わせをしていてどちらかが先に着いた場合、その人間はどうするでしょうか」

田沢は視線を逸《そ》らせて、何か考える素振りをしたが、すぐに真生を見て答えた。

「誰の名前で予約しているかにもよりますが、だいたいは連れの方が到着されるまで、ラウンジでお待ちになります」

真生は書類を目で追った。

「被告人は部屋をとる際に、偽名を使っていますね」

「はい」

「偽名を使って部屋を予約し、ホテルに先に到着してもひとりで部屋に入る。このようなケースの多くは、どのような関係の人間が多いですか」

「異議あり」

　二度目の佐方の声が法廷に響く。

「質問の趣旨が不明確で、不相当な尋問です」

　真生は強い眼差《まなざ》しで寺元を見た。目で、このまま質問を続けさせてくれ、と訴える。

　寺元は無表情に答えた。

「異議を棄却します。証人は答えてください」

　ほっと息を吐く。同じ質問を繰り返す。

「田沢さん、答えてください」

　田沢は一瞬、言いよどんだが、意を決したように答えた。

「人目を忍ぶ関係です」

　真生はうなずき、質問を続けた。

「ふたりは夕食も部屋で摂《と》っていますね。部屋でゆっくり食べたかったから、という理由も考えられますが、誰かに見つかりたくなかったから、とも考えられますね」

　三度目は、佐方は立ち上がって異議を唱えた。

「異議あり。推測の押し付けです」

　途切れる尋問に、傍聴席がざわめきはじめる。寺元は佐方の異議を認めた。質問を変えるように指示をする。

真生は口角に微笑を浮かべると、音をたてて書類を閉じた。

「これで、尋問を終わります」

12

その夜、美津子は帰宅すると、出迎えた光治に返事もせずにキッチンへ向かった。美津子と島津がふたりで酒を飲んだ、三度目の夜だった。

美津子は蛇口を全開にしてコップになみなみと水を注ぐと、一気に呷《あお》った。勢いあまって咳《せ》き込む。光治は慌てて背を摩《さす》った。

「大丈夫か」

美津子は何も答えず、リビングのソファに身を投げ出した。手の甲を瞼《まぶた》の上に載せてつぶやく。

「島津から、ホテルに誘われたわ」

光治は息をのんだ。美津子の隣に座る。

「いつだ」

「来週の土曜日」

ちょうど、一週間後だった。

「何て答えたんだ」

美津子は目を閉じたまま答えた。

「このあたりだと知ってる人に見つかるかもしれないから、別な場所がいい。いいホテルを知ってるって言った」

島津から誘いがあった場合に備えて、あらかじめ用意していた答えだった。

「それで」

続きを急《せ》く。

「場所を聞かれて、米崎市にあるグランビスタホテル、って答えた。前に行ったことがあって、とても素敵なホテルだったからって」

美津子とふたりで下調べに行ったホテルだ。

「食事はルームディナーがいい、ふたりでゆっくりお酒を飲みたいからって言った」

「あいつは何て言った」

声がうわずる。

美津子は閉じていた瞼を開けて、視線を上に向けた。

「垂れ下がった目をもっと下げて、にんまり笑ったわ。寒気がした」

美津子は首を巡らせて、焦点を光治にぴたりと合わせた。

「私、行くわ」

光治は口の中にたまった唾《つば》を飲んだ。

今度の土曜日、美津子は島津とホテルへ行く。それは計画を実行するという意味だった。

光治は自分を見つめる視線を避けた。

美津子から計画を聞かされた日から五ヵ月の間、ふたりで島津への復讐《ふくしゅう》を練ってきた。その成功が目前に迫っている。迷いのない美津子とは逆に、光治は躊躇《ためら》っていた。本当に美津子を島津の下に行かせていいのか、ずっと自問自答している。計画実行への戸惑いもあったが、島津が少しでも美津子の身体に触れるかと思うと、たまらないほど虫唾《むしず》が走った。

何も答えずにうなだれている姿から胸の内を悟ったのか、美津子は身を起こすと、光治の顔を覗《のぞ》き込んだ。

「何を迷っているの。これは卓のため、そして、私たちのためなのよ」

美津子の瞳《ひとみ》には、決して揺るがない決意がこもっていた。その美津子の顔が、急に苦痛に歪《ゆが》んだ。胸を押さえてうずくまる。光治は驚いて折れた身体を支えた。

「痛むのか」

美津子は唇を嚙《か》み締めてうなずいた。

「薬が切れてきたみたい」

急いで水と痛み止めを用意する。美津子は薬をまとめて一気に飲むと、再びソファに横たわった。

「もう一錠、増やしてもいいかしら。あまり、効かなくなってるの」

美津子が言っているのは、モルヒネのことだった。服用している量は、すでに一日分をはるかに超えている。これ以上はほかの臓器に差しさわりがある。命を縮めることになりかねない。やめたほうがいい。

そう言いかけて、光治は口を噤《つぐ》んだ。美津子にとっては、長く生きることが望みではない。復讐を遂げることが望みなのだ。

痛み止めが効いてきたのか、しばらくすると美津子は寝息を立てはじめた。病んでいる胸をかばうように背を丸めている。

光治は美津子の髪をなでた。美津子が命を賭《と》して計画を実行しようとしているならば、計画が成功するように最善を尽くすのが自分の役目だ。それが、自分に課せられた使命なのだ、とわかってはいる。しかし、この計画の破綻《はたん》を望んでいるもうひとりの自分がいた。

光治は側にあった毛布を美津子の身体にそっとかけて、リビングの灯《あか》りを消した。

計画を実行する二日前、光治は美津子と旅行に出掛けた。ふたりで旅をするのは、新婚旅行以来だった。

行き先は自宅がある三森市から、新幹線を乗り継いで四時間のところにある温泉だった。美津子とはじめてふたりで泊まった宿があった。美津子の両親や兄の目を盗んで、婚前旅行に行った場所だった。

宿泊先も、当時、泊まった宿にした。金がない苦学生時代に泊まった安宿だったので、もしかしたら、もう潰《つぶ》れているかもしれないと思ったが、インターネットで調べると、意外にもまだ営業していた。数年前に改築して小ぎれいな佇《たたず》まいになり、今では老舗《しにせ》と呼ばれる宿になっている。

タクシーから降りると、出迎えた宿の者が荷物を運んでくれた。宿泊受付を済ませると、部屋に案内された。宿自慢の、日本庭園が見渡せる部屋だった。

建物は変わったが、庭の造りは変わっていなかった。芝が敷かれた敷地に、松やつじなどの樹木が植えられている。その中に、見覚えがある樹があった。枝垂れ桜だった。葉が落ちた茶色い枝が、時折吹く初冬の風に揺れている。

昔、美津子とこの宿を訪れたときは春だった。桜が満開で風が吹くたびに、さらさらと花びらが散っていた。あの美しい光景は、今でも鮮明に脳裏に焼きついている。

美津子は仲居が淹《い》れてくれた茶に手もつけず、縁側から庭に出ると冬囲いをしている木々を見上げた。

冬の陽が降りそそぐ庭で、美津子は飽きもせず庭を眺めていた。

部屋に戻る気配がないので、光治は先に風呂《ふろ》に入った。学会で出張に行くことはあるが、宿泊はだいたいビジネスホテルだった。温泉に泊まることはまずない。広い風呂に入ることが、こんなに気持ちをゆったりさせるものなのか、と光治は改めて思った。計画実行を目前にしながら、妙に気持ちが落ち着いていた。

湯船につかりながら、先ほどの美津子の表情を思い出した。庭の木々を見つめる美津子の顔は、明後日《あさって》、待ち望んだ復讐を遂げようとしている人間のものではなかった。美津子も自分と同じように、穏やかな気持ちなのかもしれない、そう思った。

風呂からあがると、美津子はすでに部屋に戻っていた。早かったな、と声をかけると、美津子は、お風呂に入らなかったの、とすまなそうに笑った。なぜ、と言いかけてやめた。洋服の上からではそれほど目立たないが、美津子の身体はかなり痩《や》せていた。横隔膜の部分はへこみ、肋骨《ろっこつ》が浮き出ている。健康な痩せ方でないことは、誰の目にも明らかだった。衰えた身体を、見られたくないのだろう。最後の旅行に温泉などを選んだ、思慮が足りない自分を責める。すまない、と詫《わ》びると、美津子は自分が悪いことをしたような顔で、首を横に振った。

陽が落ち、夕食が運ばれた。旬《しゅん》の食材を生かした会席料理だった。

最近とみに、美津子は食が細くなっていた。食欲が出る薬を服用してはいるが、病のほうが勝ってきていた。日によっては夕食を摂らず、果物で済ませるときもあった。

しかし、この日は喜んで料理を口にした。すべてを食べきることは出来なくても、ほとんどの料理に箸《はし》をつけた。特に地物の野菜の煮物は味が染みていて美味《おい》しい、と嚙み締めるように食べていた。

食事が終わると、仲居が床を敷きに来た。このあたりは、夜かなり冷え込む。毛布を余分に置いていきます、と言って部屋を出ていった。

ふたりだけになると、美津子に横になるように勧めた。気丈に振舞ってはいるが、疲れて身を起こしているだけでも辛《つら》いはずだ。

美津子は言われるまま布団に横になった。脇に座り美津子を見下ろす。

このままふたりでずっとここにいようか、そんな思いが心をよぎる。明日も明後日もその次の日も美津子の命が果てるまで、ふたりで卓を思いながら残りの時間を過ごすのもいいのではないか。

目を閉じた瞼《まぶた》の裏に、元気だった頃の卓と美津子が浮かぶ。何が面白いのか卓は大きな口を開けて笑い、そんな卓を美津子は微笑えんで見つめている。懐かしい光景だ。

ふたりの姿に、ある男の姿が重なった。島津だった。自分の家庭を滅茶苦茶にした男。人の命を奪っておいて、裁かれもせずのうのうと生きている男。島津に復讐したい。強烈にそう思う。しかし、美津子を島津の許《もと》へ行かせたくもなかった。

さまざまな感情が光治の胸を駆け巡る。自分はどうすべきなのか、わからなくなってくる。だが、ひとつだけ確かなことは、自分はいずれひとりになる、ということだった。

目に熱いものが込み上げてきた。出てくるな、と念じて瞼をきつく閉じる。

膝《ひざ》に載せていた手に、別の手が重なった。目を開けると、美津子が光治の手を握りながら見つめていた。

「ねえ、あなた。節っちゃんのこと、覚えてる」

十数年ぶりに聞いた名前に、光治は目を瞬《しばたた》かせた。

「外科病棟にいた節っちゃんだろう。覚えてるよ。懐かしいな」

節っちゃんとは美津子の学生時代の同級生で、光治が勤務する大学病院の看護師だった。背が高く色白で、彫りの深い顔立ちをしていた。そのことを褒めると節子《せつこ》は、母親がロシアの血を引く家系だったから、と自慢げに微笑んでいた。

彼女はどこにいても目立つ子だった。病棟のマドンナ的存在で、彼女を狙っている男は多くいた。共通の知り合いということもあり、結婚した頃までは多少の交流はあった。だが、美津子が卓を産んで育児に専念するようになってからは疎遠になり、今では彼女の名前がふたりの口にのぼることはなくなっていた。

「どうした。急に節っちゃんの名前なんか出して」

光治に聞かれて、美津子は懐かしむように目を細めた。

「節っちゃん、あなたのことが好きだったのよ」

光治は鼻から息を抜くように、小さく笑った。

「それは初耳だな」

嘘だった。本当は節子が自分に気があることを知っていた。美津子と付き合う前に、節子から何度もデートに誘われた。もちろん美津子は知らない。

節子は、観たい映画があるとか、ドライブに行きたいなどと、何かと理由をつけて光治を誘った。しかし、光治はすべて断った。

そんな光治を、なんてもったいないことをする奴だ、と責める男友達もいた。しかし、何と言われようと、光治は節子の誘いを受けるつもりはなかった。その頃すでに、光治の心の中には美津子がいた。まだ正式に付き合ってはいなかったが、美津子以外の女性は目に入らなかった。それだけ、美津子に夢中になっていた。それを悟られるのがはずかしくて、初耳だ、と嘘をついた。

「そう」

美津子は含みのある笑みを、口元に浮かべた。

外で水の跳ねる音がした。池の鯉が跳ねたのだろう。

「私と一緒になったこと、後悔してない」

美津子は光治の目から視線を逸《そ》らせた。

「馬鹿な」

光治は身を乗り出した。美津子の目を追う。美津子は手を離し、光治の視線から逃れようと逆を向いた。

「私と一緒になっていなければ、ひとり息子を失うこともなかったし、こんな辛い思いをすることもなかったわ」

人は、選ばなかったもうひとつの人生に、常に嫉妬《しっと》して生きていく生き物だ、と何かで読んだことがある。しかし、その言葉は光治には当てはまらなかった。自分と一緒になって後悔していないかと美津子に問われ、馬鹿な、と答えた気持ちに嘘はない。たしかに卓を失った事故は耐え難い出来事だった。あの事故がなかったら、と幾度考えたかわからない。しかし、別の人生を望んだことは一度もなかった。美津子と人生をともにすると決めたのは自分だ。辛さや苦しみも含めて、自分の選んだ道に悔いなどあるはずがない。

「そんなことあるわけがないだろう」

思わず怒りを含んだ口調になる。

光治のほうこそ聞きたかった。美津子こそ自分と一緒になって後悔していないのだろうか、と。自分と一緒にならなければ、息子を失うことも病気になることもなく、孫に囲まれた穏やかな老後が待っていたかもしれない。そう思うと、詫びにも似た切なさが込み上げてきた。

黙り込んだ光治を、美津子はゆっくりと首を巡らせて見た。

「あなた、ありがとう」

何に対して礼を言っているのかわからない。光治の表情から、心の内を悟ったのだろう。美津子は言葉を繋《つな》いだ。

「私のわがままを聞いてくれて」

胸が一気に熱くなった。喉《のど》がつまり言葉が出てこない。

「あなたの気持ち、わかっているつもりよ」

たまらず、美津子から顔を背ける。いっそ自分の人生を恨み、悲しみ、泣きわめいてくれたほうがよかった。過酷な人生を受け止め、自分の中ですべてを昇華しようとしている美津子が、不憫《ふびん》でならなかった。

「こっちを向いて」

美津子が言う。光治は振り向けなかった。涙が零《こぼ》れそうになっていることを、気づかれたくなかった。

美津子は光治の手を取った。しかたなく振り向く。美津子は辛そうに目を細めた。

「ごめんなさいね、あなた」

さっき礼を言ったかと思うと、今度は詫びる。こらえきれなかった。涙がとめどなく溢《あふ》れた。

美津子は光治の頬をつたう涙を、そっと手で拭《ふ》いた。

「私ね、人間の絆《きずな》で一番強いものは何か、って聞かれたら同志だって答えるわ。恋愛感情や友情より、同じ目的を持つ同志の絆が一番強いと思う」

美津子はまぶしそうに光治を見た。

「あなたに会えてよかった。何より強い絆で結ばれる人に出会えて」

美津子は片手で、布団の縁《へり》を持ち上げた。

「来て」

光治は言われるまま、美津子の布団に入った。美津子の胸に顔をうずめる。冷えた身体に、美津子のぬくもりが伝わってくる。美津子は光治の髪をやさしくなでた。

「やるべきことはやったわ。もうすぐ、私たちの復讐《ふくしゅう》が果たされるのよ」

また、鯉が跳ねる音がした。

「私、幸せよ」

水音に掻《か》き消されそうなくらい小さな声で、美津子は言った。

13

証言台に立つ男性は、前にせり出した腹をさらに押し出すように背を反らせた。

真生は男性の名前を呼んだ。

「西脇聡《にしわきさとし》さん、ですね」

「そうです」

西脇はかすれ気味の声で答えた。

「ご職業を教えてください」

「県立医科大学法医学教室の教授を務めています」

真生は手元の書類を、法廷にいるすべての人間に見えるようにかざした。

「これは本件の被害者の死体鑑定書です。西脇さんは本件の被害者の解剖を行った鑑定医で、この書類の作成者です」

書類を下に降ろし、西脇を見る。

「それでは西脇さん。被害者の直接の死因から教えてください」

西脇はかるく咳払《せきばら》いをすると、前方を見ながら答えた。

「被害者の直接の死因は失血死です」

「断定できる理由は」

「左前胸部に刺傷があり、この刺傷によって左心室が損傷しています。左胸腔《きょうこう》内に多量の血液が溜《た》まっていることと、死斑《しはん》の発生がきわめて弱いことから失血死と判定できます」

真生は机の上に置いてあったビニール袋を手にすると、証人席の横に立った。ビニール袋を高く掲げる。袋の中には、一本のナイフが入っていた。

「これは被害者の胸に刺さっていたナイフです。このナイフはルームディナーに使っていたものだと、ホテルの従業員が証言しています。西脇さん、このナイフが本件の凶器であると推測するに至った経緯を教えてください」

西脇はナイフを見た。しかし、それは一瞬のことで、すぐに視線を前方に戻した。

「左前胸部に開いた創《あな》は、上創端が左鎖骨中線上にあり、腋窩前縁《えきかぜんえん》の下方十・五センチ。創端は直線状で、長さ三・五センチ。創洞は十・五センチまで探ることが出来ました。ナイフに付着していた血液と被害者の血液の合致、創の深さや刃幅などと照合した結果、鑑識がこのナイフを凶器と考えても、創傷の状況とは矛盾いたしません」

真生はナイフを証言台に置いた。

「このナイフが被害者に、どのように作用したと考えられますか」

　西脇が答える。

「ナイフは峰を上方、刃を下方に向けて、被害者の胸部左やや上方から右やや後方に向けて作用しています」

「このことから、どのような推論が導き出されますか」

「この角度ですと他者が作用したと考えられます。しかも、被害者の左腕には、襲われたとき身を守るために出来る防御創が見られます。以上のことから、被害者は他者から殺害されたものと推測できます」

　真生は佐方を目の端で見た。胸の前で手を組み、尋問にじっと耳を傾けている。動揺する様子もあせる様子もない。無表情のままだ。尋問を続ける。

「殺害推定時刻を教えてください」

「十二月十九日の二十時から二十二時。これは胃の内容物や、死斑、死後硬直の状態から推定されます。解剖の結果、内容物は胃と十二指腸にあり、これは食後一時間から二時間の間に殺害されたことを物語っています。死斑や死後硬直の状態から見ても、遺体を発見した、翌日二十日の午前十一時の時点で、死後十六時間から十八時間が経っていると推定されます」

　学会の発表か何かで、人前で話すのは慣れているのだろう。西脇は淡々と証言を続ける。

真生は傍聴席に目を向けた。

「殺害推定時刻は、十九日の二十時から二十二時。この時間、被告人は被害者とともに部屋にいます。ホテルの廊下にはすべての階に防犯カメラが設置されていますが、この間、事件があった一二〇七号室からは被告人以外、出てきていません。被害者が殺された時間、被害者と一緒にいたのは被告人だけだったと、防犯カメラが裏付けています。しかも、鑑識が調べた結果、現場で発見された凶器のナイフからは被告人の指紋と掌紋が検出されています。脱ぎ捨てられていたバスローブからは、返り血と見られる被害者の血液と、加害者の汗と思われる体液が検出され、被害者の爪からは、被告の皮膚が採取されています」

真生は顔を上げて、法廷内を見渡した。

「以上のことから、本件の犯人が被告人であることは明白です」

「異議あり」

佐方の声が法廷に響いた。

「被告人が犯人であると断定する発言は控えるべきです」

「異議を認めます」

裁判長の寺元が、真生に目で注意をする。真生は軽く会釈することで了承の意を示した。

「証人尋問を続けてください」

寺元が先を促す。真生は手元の書類を閉じた。

「これで尋問を終わります」

続いて、西脇に対する佐方の反対尋問が行われた。

真生は検察席から、佐方を見つめた。これだけ証拠が揃っている。被告人が犯人であることに間違いはない。いったい、佐方はどこをついてくるのか。

佐方はゆっくりと席を立つと、西脇の横に立った。

「西脇聡さん」

フルネームを呼ばれた西脇は、探るような目で佐方を見た。

「先ほど、殺害推定時刻は十九日の二十時から二十二時とおっしゃいましたが、これは間違いありませんか」

証言を疑うような質問に、西脇はあからさまに不愉快そうな表情を浮かべた。

「証言したとおりです」

「そして、その時間、被告人と被害者は同じ部屋にいた」

「そのようです」

佐方が何を聞きたいのか測りかねているのだろう。顔色を窺《うかが》うように、佐方をちらちらと見ている。

「しかし、殺害推定時刻に同じ部屋にいたからといって、それが、被告人が犯人であるという事実にはならないのではないですか」

佐方の遠まわしな言い方に苛立《いらだ》ったのか、西脇は佐方を睨《にら》んだ。

「どういう意味ですか」

「現場に残されていたバスローブですが、被害者の血液が付着していた、と鑑定されていますね」

「はい」

「その血液痕《こん》の付着状況ですが、どのようなものでしたか」

佐方の質問に、真生はバスローブの証拠写真を思い浮かべた。バスローブの胸の部分に、血液が斑紋《はんもん》状に残っていた。

西脇が同じように答える。佐方は、斑紋状、と繰り返し、飛沫《ひまつ》状ではなかったのですね、と切り返した。

質問の真意が摑《つか》めないのだろう。西脇は答えない。言葉に詰まっているようだ。佐方は、事実だけを話してください、と答えを促した。

西脇は大きく息を吐くと、そうです、とひと言だけ答えた。

佐方の反対尋問は続く。

「凶器から検出された指紋と掌紋ですが、被告人以外の人間のものも検出されていますね」

「はい」

「それは誰のものでしたか」

「鑑識が行った鑑定書には被害者のものと記されていました」

「あとは」

「ホテルの関係者の指紋です。しかし、これはほんの一部で、大半は被告人と被害者のものに消されていました」

「ということは、ホテルの関係者の指紋が一番下についていた、ということですね」

西脇は、はい、と答えて続けた。

「ホテルの関係者の指紋の上に被告人のもの、その上に、刺さったナイフを抜き取ろうとした被害者の指紋が残っていた、と記載されていました」

佐方は書類を閉じると、寺元に向かって言った。

「尋問を終わります」

14

裁判所を出た真生は、車が置いてある駐車場に向かった。

一般の駐車場は建物の東側、裁判官や検察官などの裁判関係者が使う駐車場は、建物の西側にあった。真生は関係者用の駐車場に車を置いている。そこに行くには、裁判所の別館が建っている敷地を横切っていくのが最短の道だった。

別館に向かう道の前方に、ふたりの人影があった。

ひとりは佐方。もうひとりは、傍聴席でよく見かける女性だった。いつも傍聴席の一番前に座り、裁判を聞いている。真剣な眼差《まなざ》しから、被告人の関係者かと思っていたが、佐方の関係者だったのか。別館の裏手にあるタクシー乗り場に、向かっているのだろう。

真生は一定の距離を保ちながら歩いた。

女性は佐方に何か話しかけていた。よく通るその声は、かなり後ろにいる真生にも聞こえてきた。

「あんな反対尋問でよかったんですか。あれでは、相手の独擅場《どくせんじょう》じゃないですか」

真生は眉根《まゆね》を寄せた。相手というのは自分のことだろう。どうやら、今日の裁判について話しているらしい。

佐方が困ったように頭を掻《か》いた。何か言っているようだが、佐方の声は小さくてここまで聞こえない。佐方の声が途切れると同時に、女性の先ほどより大きい声がした。

「今はあれ以上反対尋問しても無駄だ、って言うなら、その今をどうにかしないといけないじゃないですか」

今は——。その言葉が真生の耳に突き刺さる。現状を変えれば勝ち目がある、ということだろうか。佐方は、今を変える何かを摑んでいるというのか。

足を速めてふたりとの距離を縮める。気づかれないように、背後から耳を澄ませた。

女性は、先生は、と言葉を続けた。

「彼女のやり方をどう思われましたか」

「やり方？」

佐方が逆に問う。

「裁判のやり方です」

女性は歩きながら答えた。

「被告人を乗せたタクシーの運転手の証人尋問で、彼女はあたかも被告人が殺害したような私見を口にしました。先生が異議を唱えたあと、裁判長が異議を認めて質問を変えるように言ったけれど、傍聴人や裁判員たちは、庄司検察官が言った、殺害、という言葉を聞いてしまいました。そして、その言葉に反応した」

女性は佐方を見た。

「彼女は、異議を唱えられることを承知しながら、わざと殺害、と使ったんです。あのひと言で、被告人の印象が悪くなったことは確かです。そんなやり方、汚いと思いませんか」

佐方は懐から煙草を取り出し、口にくわえた。

「裁判官や裁判員たちに、自分が与えたい被告人の印象をいかに植え付けるかも、裁判には必要なテクニックだ。彼女はそれを使っただけだ」

佐方が敵の肩を持ったことが、面白くないのだろう。女性の口調が尖《とが》る。

「それに私、彼女のことが好きになれません。今日の公判の中で、先生のことを鼻で笑いました」

真生は目を瞬《しばたた》かせた。たしかに自分の計算どおりの手ごたえがあり、その喜びが無意識に顔に出たことはあったかもしれない。だが、佐方を鼻で笑った覚えはない。

「そうか。そんな覚えはないけどなあ」

女性が再び佐方を見た。横顔から窺えるその目には、怒りに混じり、嫉妬《しっと》が含まれていた。同性の直感とでもいうのだろうか。その感情を真生は見逃さなかった。

今までのやり取りから、ふたりが付き合っているとは思えない。おそらく、女性の一方的な想いだろう。しかも、佐方は彼女の気持ちに気づいている気配すらない。

彼女が自分に対して非難めいたことを言うのも、好意を寄せている男性に近づく女性を遠ざけたいという、私的感情の表れなのかもしれない。だから、佐方が相手の肩を持ったことに、激しく反応したのだ。

真生はその場に立ち止まった。

個人的な話などに興味はない。意味のない話を聞いて気分を悪くするより、遠回りするほうがいい。

真生は来た道を戻るために、踵《きびす》を返した。歩き出そうとしたとき、耳に飛び込んできた女性のひと言に、踏み出そうとした足を止めた。

「とにかく、何がなんでも証人を引っ張りださないと、本当に負けてしまいますよ」

真生は思わず振り返った。

公判にどのような証人が出るのかは、裁判の前に行われた公判前整理手続で把握している。公判二日目の今日で、すべての証人は出尽くしたはずだ。しかし、今の女性の言葉からすると、弁護側は自分が知らない証人を用意しているようだ。しかも、その人物は裁判の流れを覆すかもしれないほどの影響力を持っている。

真生はふたりに駆け寄った。

「お疲れ様でした」

背後から声をかける。ふたりは同時に振り返った。

「あんたは」

佐方は目を丸くした。

「あなたは」

女性は目を吊《つ》り上げた。

真生は何食わぬ顔で話しかけた。

「おふたりの姿が見えたので、ひと言ご挨拶《あいさつ》をと思いまして」

佐方が何か言いかけたとき、女性が一歩前へ出た。

「いったい何の用でしょうか」

質問とも威嚇ともつかない口調だ。

「小坂」

佐方がたしなめるように呼ぶ。小坂というのが女性の名前のようだ。佐方を先生と呼ぶところを見ると、やはり事務所の人間だろう。

小坂は何か言いたげに佐方を見たが、それ以上は何も言わずに一歩退いた。

佐方は煙草を足で揉《も》み消すと、無表情に言った。

「何か」

表情がない顔からは、感情が読み取れなかった。余裕があるのか、あせっているのかわからない。本音が見えないことが、余計に真生を苛立《いらだ》たせた。

真生はさりげなく、探りを入れた。

「明日が判決ですね」

「そうだな」

まるで他人事《ひとごと》のような口調だ。苛立ちがさらに募る。

「余裕ですね。でも、今のままでは佐方さんは勝てる見込みがありません。それは佐方さんもわかっているはずです」

佐方の背後から、小坂が身を乗り出す。佐方がそれを、手で制する。真生はかまわず言葉を続ける。

「佐方さんの評判は以前から聞いていました。はじめて廊下でお会いしたときに言ったことも本当です。私は佐方さんを甘く見ていません。それどころか、やり手と評判の弁護士に、万全の態勢で臨みました。でも」

そこで真生は、おおげさに落胆のため息をついた。

「正直、がっかりしました。あまりに手ごたえがなくて、肩透かしを食らったような気分です」

佐方は挑発に乗ってこない。冷ややかに真生を見つめている。

真生は切り札を出した。

「それとも、何か隠し玉でもお持ちなんでしょうか。裁判の流れを変えてしまうような重要な証人とか」

佐方は無反応だったが、佐方の後ろにいる小坂の顔色が変わった。

真生は確信した。弁護人側には、この事件の鍵《かぎ》を握る証人がいるのだ。それはいったい誰なのか。

尋ねようとしたとき、それを遮るように佐方が先に口を開いた。

「証人がいる、いないなんて、関係ないだろう。証言台に立たせることが出来なければ、証人がいたっていないのと同じだ。それを知っているあんたなら、今の質問がどれだけ意味のないものか、わかっているはずだ」

真生は返す言葉に詰まった。

佐方の言うとおりだった。真実を知っている証人がいても、法廷で証言しなければ、真実も真実ではなくなる。

「じゃあ、俺たちはこれで」

佐方が歩きはじめる。小坂があとに続く。

真生は呼び止めようと、手を伸ばしかけた。しかし、すぐにその手を引っこめた。引き止めても無駄だ。何を聞いても、佐方はこれ以上、答えない。佐方の言うとおり、自分の質問は意味のないものだ。

立ち尽くしたまま、道の奥に小さくなっていくふたりの姿を見つめていた。

風が吹いた。初夏の夕風だ。軽い風とは裏腹に、真生の心は重く沈んでいた。

ホテルに戻った佐方は、乱暴に上着を脱ぎ捨てると、ベッドに倒れ込んだ。

仰向《あおむ》けのまま、煙草に火をつける。いつもならここで冷たいビールを呷《あお》るところだが、裁判中なのでやめておく。

小坂は夕方の新幹線で東京に帰った。どうしても外せない授業があるので、一度戻り、明朝、一番早い新幹線でまたやって来るという。

駅に向かうタクシーの中で、無理しなくていい、と言ったが小坂は、何があっても来ます、絶対に判決を聞き逃したくないんです、と佐方の気遣いを断った。

佐方はテレビをつけた。ちょうど、ローカルニュースの時間だった。交通事故のニュースのあと、裁判のニュースが流れた。地裁の廊下で見かけた女子アナが、裁判の様子を語っている。

きびきびと情報を伝える女子アナの姿に、法廷に立つ真生の姿を思い出した。なかなかいい女だ。頭もいい。

公判初日、廊下で、自分を甘く見ているのか、と尋ねられたときは驚いた。あれだけ闘争心を剝《む》き出しにしてくる検察官もめずらしい。違うと否定したが、おべんちゃらではなかった。本音だった。甘く見ているどころか、正直、今度ばかりは勝てるかどうかわからなかった。

今回の依頼は、請けたはいいがどっちに転ぶか見当がつかないものだった。

依頼人は一貫して罪状を否認していた。

長年、この仕事をしていると、匂いを嗅《か》ぎ分ける嗅覚《きゅうかく》が養われてくる。相手が嘘をついているのか、真実を語っているのかの匂いだ。それは、経験で培われた勘もあるが、依頼人の視線や口調から嗅ぎとれるものでもある。

今回の依頼人は、真実の匂いがした。証言につじつまが合わないところはなく、佐方を見る視線や事件を語る口調からも、偽りの匂いはしなかった。

しかし、検察側が提示してきた事件の状況証拠は、すべて依頼人が犯人であるという方向を示していた。だが、そこにいくつかの腑《ふ》に落ちない点があるのも事実だった。

とるにたらない些細《ささい》なことが、後に重要な情報に変わることもある。それが、この事件の依頼にはあった。関係書類を読み終えたあと、面白い、と思った。勝ち目があるかどうかはわからない。しかし、事件そのものに請け負うだけの価値はあると思った。だから、依頼を引き受けた。

だが、動きはじめてみて、この裁判が考えていた以上に難しいものだとわかった。依頼人の無実に結びつく糸口をさまざまな方向から探るが、何も出てこない。調査は難航し、時間だけが過ぎた。公判前に行われる公判前整理手続の日が来ても、依頼人の無実を証明できるだけの材料を見つけられずにいた。

今回は勝てないかもしれない。心で弱音を吐きかけたとき、無罪への重要な糸口を見つけた。公判前整理手続を終えた、ひと月後のことだった。

その事実を摑《つか》んだとき、被告人を白だと証明できる、と確信した。しかしそれだけでは、勝てる保証はなかった。勝利を勝ち取るには、事件の鍵を握る証人が法廷で証言しなければならなかった。

証人は、事件の現場となったホテルがある米崎市に住んでいた。佐方は証人のもとへ通った。都内から新幹線で二時間の距離を、週に一度、ときには週末に泊りがけで訪れた。

自宅を訪ねて、証言台に立ってくれ、と迫った。しかし、証人は首を縦に振らない。知らぬ存ぜぬの一点張りで、門前払いを食らわす。

ふたりの応酬は、裁判の前日になっても続いていた。

公判前日、米崎市の駅に降り立った佐方は、まっすぐ証人のもとを訪れた。明日から裁判がはじまる。証言台に立ってほしい、と詰め寄っても、証人の態度は同じだった。証言台に立つ気はない、と言い切る。そして、証人は当日になっても、法廷に姿を現さなかった。

それでも佐方は諦《あきら》めなかった。

二日目の今日も小坂を駅に送り届けた後、証人の自宅を訪れた。法廷に来てくれ、と食い下がった。判決は明日だ。もう後がない。必死に説得した。最後の懇願だった。

証人は佐方の話を、黙って聞いていた。しかし最後まで、証言する、とは言わなかった。佐方は、法廷で待っている、と言い残しその場を後にした。

天井を見つめる佐方の耳に、今日の夕方、路上で真生に向けて言い放った自分の言葉が蘇《よみがえ》った。

——証人がいる、いないなんて関係ないだろう。証言台に立たせることが出来なければ、証人がいたっていないのと同じだ。

佐方は目を閉じた。

真生に言ったとおり、いくら真相を掴んでいても、証人を引っ張り出せなければ意味はない。この裁判は負けだ。

瞼《まぶた》を閉じた暗闇の中に、裁判所の廊下に佇《たたず》む真生の姿が浮かぶ。記憶の中の真生が言う。

——罪人は裁かれなければなりません。

たしかに罪人は罰せられなければならない。しかし、それは誤った罪ではなく、真実の罪で、裁かれなければいけないのだ。

頭の中の真生に、あの男の姿が重なる。

かつての上司、筒井だった。記憶の中の筒井が言う。

――真実を暴くことだけが、正義じゃない。

事件が起きたのは、十二年前。佐方が検察官になって五年目の秋だった。

佐方が自席で書類整理をしていると、ひとりの男が公判部に乗り込んできた。歳は四十前後、仕立てのいいグレーのスーツを着ている。男は険しい顔で部屋の中を見回した。

「神田《かんだ》というのはどの男ですか」

男は誰にでもなく尋ねた。物言いは丁寧だが、怒りを抑え込んでいるような高圧的な口調だ。

神田は検察官になって二年目の新米で、地検はじまって以来の優秀な成績で任官した男だった。歳が近いこともあり、ときどき一緒に酒を飲む仲だった。

そのとき部屋の中には、佐方と神田、そして当時、同じ公判部だった筒井がいた。

隣の席で書類整理をしていた神田が、なぜ自分が呼ばれるのかわからないという面持ちで席を立とうとした。しかし、神田が立ち上がる前に筒井が口を開いた。

「あんたこそ誰だ」

男は地元の弁護士で山路《やまじ》と名乗った。ある女性から請けた依頼を調べるために、地検を訪れたという。

「で、神田というのは誰ですか」

山路は大きい目をぎょろぎょろさせて、神田を探した。

「私が神田ですが……」

　神田が恐る恐る立ち上がる。

　標的を定めたような目で、山路が神田を見た。大股《おおまた》で神田のところまで行くと、上から見下ろした。

「あんな大それたことをしでかした男だから、どんなふてぶてしい奴かと思ったが、こんな優男だったか」

　山路は見下すように神田を嗤《わら》った。身長百八十センチはある山路の隣で、百七十センチもない神田は実際より小さく見えた。

　無礼な来訪者に向かって、筒井は声を張りあげた。

「いったい何が言いたいんだ、あんたは」

　山路は筒井を、威嚇するような目で見た。

「その偉そうに威張っている顔が、数時間後には真っ青になりますよ」

「何だと」

　筒井が勢いよく、席から立ち上がる。

　山路はいま一度、神田を睨《にら》みつけると出口へ向かった。ドアの前で立ち止まり、三人を振り返る。

「今から検事正室に行ってきます。続きは後ほど」

　町弁《マチベン》の弁護士が検事正に、いったいどのような用事があるというのか。

「神田、何かあったのか」

筒井が問う。神田は唇を嚙《か》み締めて、ただ震えているだけだった。

山路が部屋を出て行ってから二時間後、神田が検事正室に呼ばれた。神田は判決を言い渡される被告人のような風情で部屋を出て行った。戻ってきたのは一時間後のことで、自席についた神田は見るからに憔悴《しょうすい》しきっていた。佐方が何を尋ねても、黙々と帰り支度を続ける。結局、ひと言も語らずに部屋を出て行った。

それから一週間後、異例の人事異動があった。神田が地検支部へ異動になったのだ。誰もが驚いた。通常の時期の人事異動ならまだしも、中途半端な時期であるうえに地検から支部への異動ということは、何かしらの不祥事を起こしたからとしか考えられなかった。

しかし、神田が何かミスをしたという話は耳にしていない。

神田が左遷された理由を、当時の公判部長や人事担当者に聞いても、答えられないの一点張りで埒《らち》が明かなかった。

当の本人に事情を聞こうとしても、神田は検事正室に呼ばれた日から、一身上の理由で休職願を出していた。携帯に連絡をとっても電源が切られていて通じない。

佐方は納得できなかった。先のある優秀な検事の芽を摘む理由がわからなかった。佐方は、今回の経緯の鍵《かぎ》を握る男、山路を訪ねた。

山路弁護士事務所は、地検から車で三十分ほどのところにあるオフィスビルの三階にあった。あらかじめ山路には連絡を入れていた。話がある、と電話で言うと、山路はそれだけで佐方の用件を悟ったらしく、日にちと時間を指定してきた。佐方は指定された時刻に、山路の事務所を訪れた。

応接室に通された佐方は、部屋の中を見渡した。中央には応接セットが置かれ、壁には高額そうな絵画がかけられていた。備え付けの書棚には、法律関係の専門書がびっしりと並んでいる。かなり繁盛しているようだ。

予定の時間を十分過ぎて、山路が現れた。

「遅れて申し訳ありません」

言葉とは裏腹に、さしてすまなそうな様子もなく、山路は佐方の向かいに腰を下ろした。

「ご用件は神田さんのことですね」

山路はいきなり本題に入った。今さら、回りくどいやり取りなどしたくないのだろう。それは佐方も同様だった。そのとおりです、と答えると、山路は弄《もてあそ》ぶような目つきで言った。

「上司に理由を尋ねなかったのですか」

この野郎、と佐方は思った。地検内部から話が聞けないから、ここにやって来たのだ。それを知っていて、山路は佐方がどう返答するのかを楽しんでいるのだ。

山路は喉《のど》の奥で笑った。

「いや、すみません。検事さんというだけで、どうも苛《いじ》めたくなりましてね。あなたもあの神田という男と同類かと思うと、どうにも我慢がならない」

佐方は山路に詰め寄った。

「いったい何があったんですか。神田に何をしたんです」

山路は顔から笑みを消した。

「神田に何をしたかですって。本当に何も知らないんですね。おめでたい話だ。いいです。教えてあげましょう。彼が何かされたんじゃない。彼がある女性に、一生かかっても消えない傷を負わせたんですよ」

意味がのみ込めなかった。

山路はそれまでのもったいぶった口調から一転して、饒舌《じょうぜつ》に事件のあらましを語りはじめた。

ひと月ほど前、山路のもとを一人の女性が訪れた。その年の春に司法修習を開始した女性で、地検で検察実務修習を受けていた。事件が起こったのは実務修習の打ち上げのときだった。

当時、神田は修習生の実務修習を担当しているひとりだった。宴会の席でその女性を泥酔させ、ひとり暮らしをしている部屋にまで乗り込み強姦《ごうかん》したのだという。

「そんなこと、あるわけがない」

佐方は叫んだ。

あの優秀で人当たりのいい神田が、女性をレイプするなど考えられなかった。

「本当に強姦なんですか。山路さんもご存じでしょうが、強姦を立証するのは極めて難しい。和姦《わかん》ということもある」

山路は哀れむように佐方を見た。

「身内をかばいたい気持ちはわかります。しかし、これは明らかに強姦です。女性は襲われたあと、ひとりで病院を訪れています。そのときのカルテもあります」

山路はテーブルの上に置いていた書類を開いた。

「内診の結果、強引な男性器の挿入痕《こん》がみられ、身体のいたるところに押さえつけられたときに出来たと思われる皮下血腫《けっしゅ》があります。箇所によっては腫《は》れていました。ほかにも」

山路は延々と女性が受けた屈辱を語る。佐方は自分が罪を犯した人間のような面持ちで、話の一部始終を聞いた。

佐方がやっと言葉を発することが出来たのは、山路がすべてを話し終えて一、二分が経過してからだった。予想もしていなかった事の展開に、何を話していいのかわからなかった。

佐方はやっとの思いで尋ねた。

「女性は警察へ行ったんですか」

山路は即答した。

「ええ、行きました。病院を出たあと、すぐに」

奥歯を噛み締めた。警察は今回の事件を知っている。しかし、事件の話は地検内部はおろか警察側からも、まったく聞こえて来ない。警察も地検も、グルになって身内の不祥事を揉《も》み消したのだ。

何も言えずにいる佐方に、山路が追い討ちをかける。

「私が検事正を訪ねたとき、彼は何て言ったと思いますか。強姦事件の裁判は難しい。場合によっては、法廷に立つ女性が晒《さら》し者《もの》にされて終わるケースがある。しかも、警察からあがってきた調書は起訴をするには証拠不十分なもので立証するのは困難だ、と言ったのです」

山路は嘲《あざけ》るように笑った。

「美しい同士愛とみるか、薄汚い内部の隠蔽《いんぺい》事件とみるか。どのみち、私は反吐《へど》が出ますけどね」

強姦か和姦かということより、ひとりの女性が傷つき、警察も地検もその事件を揉み消したという事実が、佐方にとっては許せなかった。

「事件の概要はこれですべてです。お引き取りください」

山路は一方的に話を終わらせると、佐方に事務所から出ていくよう促した。

事務所を出ると、佐方はその足で地検に向かった。

ものすごい形相で廊下を歩く佐方を、まわりの者が振り返った。それでもかまわない。

足早に検事正室を目指す。

検事正室に着き、ドアを開けようとした。その手をいきなり摑《つか》まれた。

「どうした。尋常じゃない顔つきだな」

筒井だった。

「ここに何の用だ」

筒井は尋問するような目で佐方を見る。佐方は問いに答えず、ドアノブを摑む手に力を込めた。

筒井は佐方を睨《にら》みつけた。

「ちょっと来い」

佐方は抵抗した。

「放してください」

必死にドアノブにしがみつく。

「いいから、来い！」

筒井は佐方をドアから無理やり引き剝《は》がすと、力ずくで会議室へ連れていった。中へ入ると、筒井は内側から鍵をかけ佐方を乱暴に突き飛ばした。

「何があった」

佐方は答えなかった。無言で筒井を睨む。

「答えろ、佐方！」

部屋の中に、筒井の怒声が響く。

佐方は乱れる息の合間から、声を搾り出した。

「神田が強姦しました」

筒井の顔色が変わる。

佐方は山路から聞いてきたすべてを筒井に伝えた。

「神田は同僚です。俺の後輩です。でも、その前にひとりの検事です。人を裁く側の人間が罪を犯した。しかも、その事実を警察と地検がグルになって揉み消そうとしている。こんなこと、絶対に許されないことです」

佐方は筒井に同意を求めた。

「そうでしょう。筒井さん」

しかし、筒井の反応は佐方が予期していたものとは正反対のものだった。

「それで、お前はどうしようというんだ」

筒井は無表情な顔で言った。

佐方は目を見開いた。

「それでって、筒井さん」

顔から血の気が引いていく。佐方は拳《こぶし》を握りしめた。

「そうですか。筒井さんも知っていたんですね。神田のことを」

血が逆流した。力まかせに、筒井の胸倉を摑みあげた。

「なんであんたが知ってて黙ってたんですか。罪を裁かせるはずの人間が罪を見逃したらどうなるんですか」

筒井はされるがままの状態で言った。

「神田は優秀な検事だ」

「検事としては優秀かもしれないけれど、人間としては最低でしょう」

筒井は佐方の手を掴むと、乱暴に振りほどいた。

「ひとりの人間の一度きりの過ちが、地検の、ひいては検察全体の信用問題に関わってくる。検察が威厳を失うわけにはいかない」

「保身ですか。身内かわいさですか」

声が、怒りに震える。

筒井は何も言わない。黙って佐方を見つめている。その目には諭すような色が浮かんでいた。

佐方は筒井を睨んだ。

「誰も起訴しないというのなら、私が神田を起訴します」

筒井の表情が険しくなる。

「検察官はひとりひとりが独任制の官庁として、単独で公訴を提起できる権限がある。そうでしょう」

沈黙のあと、筒井はつぶやくように言った。

「そうだ。お前が言うとおり、検察官ひとりひとりが起訴できる権限を持っている。しかし、現実は上命下服がこの世界の規則だと、お前も知っているだろう。上が白と言えば黒も白だ」

佐方は認めないというように、筒井から顔を背けた。筒井は説くように言った。

「神田は裁かれた。彼の出世の道は閉ざされた。それが彼の償いだ」

「違う！」

佐方は叫んだ。

「罪は代替できるものじゃない。その人間が犯した罪で裁かれなければ意味がない」

頭の中に、先ほど山路から聞いた、女性が受けた傷の話が生々しく蘇《よみがえ》る。襲われたときの恐しさや、ひとりで警察と病院に行ったときの惨めさはどれほどだっただろう。それを思うと、怒りを抑え切れなかった。佐方は叫んだ。

「そうでなければ、被害者はどうなるんですか。神田に傷を負わされた彼女の怒りや屈辱は、どこへ向ければいいんですか」

部屋に沈黙が広がる。

佐方の訴えを筒井は無表情に聞いている。眉《まゆ》ひとつ動かさない。佐方は悟った。筒井はこの件を、改めて調べるつもりはない。神田の罪も女性の屈辱も、検察の権威を守るために密封するのだ。

佐方は搾り出すように言った。

「あんたを尊敬していた。今の今まで」

筒井の顔がわずかに歪《ゆが》む。

佐方は胸につけていたバッジを外し、机に置いた。

「何が秋霜烈日だ。笑わせる」

ドアに向かった。その背を、筒井の声が追いかけてきた。

「真実を暴くことだけが、正義じゃない」

佐方は振り返らずに答えた。

「あんたが言う正義は何だ。俺の正義は、罪をまっとうに裁かせることだ」


佐方はいきなり、指先に熱さを感じて飛び起きた。十二年前から、思考が現在に呼び戻される。熱さのもとを探してあたりを見渡すと、シーツの上にフィルターだけになった煙草が落ちていた。急いで拾いあげ、灰皿に入れる。シーツに穴は開いていない。灰が落ちただけで済んだようだ。

ほっとして顔をあげると、壁に備え付けられた鏡に自分が映っていた。

真生が言ったとおり、ぼさぼさの髪に皺《しわ》だらけのワイシャツを着ている。年季が入ったネクタイは、まっすぐ結んだつもりでもすぐに捻《ね》じれてしまう。

たまには寝巻きに着替えようかと、ワイシャツのボタンに手をかける。しかし、寝巻きがベッドから離れたクローゼットにあることに気づいて、ボタンから手を離した。べッドから出るのが面倒くさい。

疲れが一気に出たのか、強烈な眠気が襲ってきた。

佐方は睡魔の誘いに抗《あらが》わず、ベッドに横たわった。真生曰《いわ》く、自分のトレードマークはぼさぼさの髪に皺だらけのスーツらしいが、そのトレードマークは当分変わりそうにない。

視界がぼやけてくる。瞼《まぶた》が自然に落ちてくる。

──今のままでは佐方さんは勝てる見込みがありません。

今日の真生の言葉が、頭の中でこだまする。

そう、今のままでは勝てない。事件の鍵《かぎ》を握る証人が法廷に来てくれなければ勝てないのだ。

佐方は瞼を閉じた。

やるだけのことはやった。あとは証人が来てくれることを祈るだけだ。

公判三日目

15

公判最終日、被告人質問を終えた法廷は、次に続く最終論告を待っていた。公判初日と二日目同様、今日も法廷は穏やかな陽の光に包まれている。

真生は陽が差し込む窓際の席についた。紫の風呂敷包《ふろしきづつ》みから、最終論告が書かれた書類を取りだし、机の上に揃える。

被告人は弁護側と検察側からの質問に、一貫して同じ主張をしていた。それは警察の供述調書とも一致していてぶれるところがない。

真生は法廷内を見渡した。

傍聴人席は、ほぼ埋まっていた。一般の傍聴人に混じり小坂もいる。今日も最前列に座り、前方を見据えている。

真生の耳に、昨日の小坂の言葉が蘇る。

——何がなんでも証人を引っ張りださないと、本当に負けてしまいますよ。

証言台の向こう側を見る。弁護席に佐方がいた。手を膝《ひざ》の上に置いて、目を閉じている。

真生は机の上で組んだ手を、強く握った。

証人とは誰なのか。証人は何を知っているのか。証人は出てくるのか。

不安が胸に込みあげてくる。背中にじわりと汗が滲《にじ》んだ。

心の中で、自分に問いかける。自分はいったい何を恐れているのか。勝たなければいけない裁判に負けるかもしれない恐れか、負けたあとに味わう屈辱か、それとも、自分の信じてきたことが間違っているかもしれないという恐怖か。

裁判長の寺元の声が、法廷に響いた。

「最終論告に移ります。検察官、論告をお願いします」

真生は寺元を見た。寺元はうなずくことで真生に論告を求める。視線を寺元から、佐方に移す。佐方は真生を見ていた。椅子の背もたれに身を預け、じっとこちらを見つめている。その目に胸騒ぎがした。気のせいだろうか。佐方の眼差《まなざ》しが、自信に溢《あふ》れているような気がする。

奥歯を噛《か》み締めて、真生は佐方の視線を真っ向から見返した。

怖気《おじけ》づいてどうする。

怯《おび》えている自分を叱咤《しった》する。自分は被告人を犯人だと確信して裁判に臨んだ。その気持ちに変わりはない。今も被告人が犯人であると信じて疑わない。自分を信じて前に進めばいい。

真生は席を立ち、深く息を吸い込んだ。胸に溜《た》まった息をゆっくり吐き出し、被告人の名前を呼んだ。

「被告人、島津邦明」

法廷にいる人間の目が、被告人席に座る男に向けられる。

弁護人の机の前には、島津が座っていた。黒いズボンに白いシャツ、ベージュのジャケットを羽織っている。髪は短く散髪され、ひげもきれいに剃《そ》られている。

名前を呼ばれた島津は、目だけで真生を見た。瞳《ひとみ》に威圧的な色が浮かんでいる。敵を威嚇するような目つきだ。真生は島津の視線を無視して、論告をはじめた。

「被告人、島津邦明は、昨年十二月十九日、二十時から同日二十二時までの間、米崎市のグランビスタホテル一二〇七号室において、被害者、高瀬美津子さんの胸部にナイフを突き刺し、同人を殺害。被告人は事実をいずれも否認して弁解し、弁護人も被告人の無罪を主張しています。しかし、本件は被告人が不倫関係にあった被害者から、妻との離婚や被害者との婚姻を迫られ殺害したものであり、これは警察が取り調べた関係各証拠により、合理的疑いの余地なく証明されています」

真生は書類を捲《めく》る。

「被告は昨年七月に、自分が開講した陶芸教室で美津子さんと知り合いました。ほどなく親密な交際に発展し今回の事件に至るのですが、ふたりが男女関係にあったことは、高瀬さん宅の隣人や同じ陶芸教室に通っていた生徒が証言しています」

真生はちらりと島津を見た。島津は身じろぎもせず、黙って論告を聞いている。目だけがぎらぎらと光っている。真生は書類に目を戻した。

「被告人と美津子さんは、美津子さんが陶芸教室に通うようになった翌々月から、事件が起きる十二月までの間に複数回、会っています。ふたりがスナックで飲んでいる姿も目撃されていますし、ふたりは極めて親密な様子だったと、スナックの従業員の証言もあります。事実」

言葉を区切り、真生は傍聴席に目をやった。

「美津子さんの夫である高瀬光治さんも、美津子さんが浮気していたことを認めています」

真生の視線の先には光治がいた。傍聴席の端に座り、妻の遺影を胸に抱えている。表情のない顔からは静かで落ち着いた印象を受けるが、島津を見据える眼差しには、抑えきれない怒りが滲み出ていた。

「しかし」

真生は口調を強めた。

「事件が起きるひと月ほど前から、ふたりの関係に変化が生じます。美津子さんは、夫と離婚して被告人と一緒になりたい、という思いを抱きはじめます。そして被告人に、奥さんと別れてほしい、と迫るようになりました」

一方、と区切り、島津を真っ向から見据える。

「被告人は妻と別れて、美津子さんと再婚するつもりなど毛頭ありません。被告人は昔から女性関係が派手で、美津子さんと付き合う以前にも複数の女性と関係を持っていました。その事実は、昔、被告人と付き合っていたという女性や、まわりの人間の証言から確認を得ています」

静まり返った法廷に、よく通る真生の声が一段と響く。

「被告人にとって美津子さんは、今までの女性同様、単なる遊び相手にしか過ぎず、奥さんと別れて自分と一緒になってほしい、と言い寄る美津子さんを疎ましく思うようになります。このことは、美津子さんから相談を受けていた隣人の証言からも窺《うかが》えます」

真生は開いていた書類を閉じ、別の書類を法壇に向かってかざした。数人の裁判員が首を伸ばすようにして、真生の手元を見る。

「これは昨日、証人尋問した西脇医師が作成した死体鑑定書です。昨日の証人尋問でも証言されましたが、凶器のナイフからは被告人の指紋と掌紋が、そして、現場に脱ぎ捨てられていたバスローブからは、被告人の体液が検出されています。さらに、被害者の爪から採取された被告人の皮膚も出ている。殺害推定の十九日の二十時から二十二時のあいだ、島津被告は被害者と一緒に部屋にいた、という事実も立証されています」

がたり、と椅子が動く音がした。音がしたほうを見ると、島津が椅子の上で体勢を整えていた。落ち着かない様子で、がたがたと動かしている。両側にいる警察官が、静かにするように注意をする。

この場において、わざわざ椅子を動かす必要はない。論告を遮るために、わざと音を出したのは明らかだった。嫌がらせを無視して、真生は論告を続ける。

「被害者は昨年の十二月十九日、被告人の島津邦明と、一泊の予定でホテルに行きました。そこで、今後の関係を巡り言い争いになり、被告人からナイフで心臓を刺されて死亡。島津被告人は美津子さんを殺害したあと、現場から立ち去っています。被告人がホテルを出たのは二十一時三十分過ぎ。この時間は被告人を乗せたタクシーの運転手が証言しているので、間違いありません。運転手は、被告人はかなり動揺していたとも証言しています」

ここで真生は、するどい視線を佐方に投げつけた。

「弁護側は、被告人が犯人であるならば足がつくようなことはしない。犯行後、タクシーを使用することはありえない、と弁護していますが、被告人はホテルを予約する際に偽名を使用しています。身元が割れることはないと思い、タクシーを使用したと考えられます」

視線を法廷に向ける。

「被告人は、警察で行われた取調べに対する供述はもとより、先ほど行われた被告人質問でも一貫して同じ主張をしています。被告人の主張は、本件の被害者、美津子さんと知り合った経緯までは同じですが、自分と美津子さんは肉体関係もなければ特別な関係でもない。ホテルに行ったのは下心があってのことと認めるが、部屋に入りシャワーを浴びてディナーが運ばれてくると、美津子さんは、ディナーについてきたナイフを握り自分に襲いかかってきた。なぜ自分が襲われるのかわからないまま、無我夢中でナイフを取り上げ私服に着替えると、床に座り込んでいる美津子さんを残して部屋を出た。あとのことは一切知らない、というものです」

しかし、と真生は口調を強めた。

「いままでの裁判を見てきた聡明《そうめい》なみなさんならば、被告人の主張がいかに信用性がなく、事実無根の言い逃れであるかはおわかりでしょう。提示された物的証拠、そして状況証拠から、この事件が被告人の犯行であることは明白です」

法廷内が緊迫する。

真生はここで声のトーンを落とし、目を伏せた。

「被害者夫婦は、七年前に子供を事故で亡くしています。夫にすれば子供を失い、今度は妻が殺害された。たったひとり残された遺族の悲しみはいかばかりのものでしょう」

法廷内すべての人間の目が、光治に向けられる。光治は遺影を抱えたまま動かない。じっと床を見つめている。

真生は顔をあげると、傍聴席を隅から隅まで眺めた。

「たしかに、美津子さんにも非はあるでしょう。どのような理由であれ、夫がいながら他の異性と関係を持つのは許されない行為です。ですが、美津子さんと親しかった隣人はこう証言しています。美津子さんは昔から真面目でまっすぐな人だった、ごまかすとか適当ということが出来ない人だった、と」

真生は切々と訴える。

「今回の事件は、その真面目さ、言い換えれば純粋さが裏目に出てしまったのかもしれません。美津子さんがもっと計算高く、適当に人生を送れる人だったならば、今回の事件は起きなかったかもしれない。篤実だった美津子さんを、誰が責めることが出来るでしょう」

今や、法廷内は真生の独擅場《どくせんじょう》だった。佐方と島津以外のすべての人間が、真生の論告に聞き入っていた。

真生は勢いよく後ろを振り返ると、被告人席に座る島津を睨《にら》みつけた。

「しかし、被告人は違います。先ほども述べましたが、被告人にとって美津子さんは取るに足らない人間であり、多くの遊び相手のひとりにしか過ぎませんでした。今までの女性問題を振り返るだけでも人間性が疑われるのに、今回は真面目な女性を自ら誘い、女性が本気になり自分に都合が悪くなったら殺す。あまりに一方的で身勝手、衝動的かつ短絡的な犯行、と言わざるを得ません」

ここで真生は席を離れ、法壇の前に立った。三人の裁判官と六人の裁判員、ひとりひとりの目を順番に見る。

「美津子さんは純粋すぎるゆえに、ふたりの関係を遊びとしか思っていなかった男に、真摯《しんし》な愛を求めた。愛する男の手によって殺された美津子さんの無念は、察するにあまりあります。美津子さんが最後に見た光景は、自分にナイフを突き刺す、自分が愛した男の姿です」

論告は山場を迎えていた。真生は後ろを向くと、法廷内を見渡した。

「今回の犯行は、自己中心的で己のことしか考えない、身勝手な人間性が引き起こしたものです。しかも、これだけの証拠が揃っているのに被告人は、自分は無実である、と言い逃れようとしています。このあさましさ。見苦しいのひと言に尽きます。反省は微《み》塵《じん》も感じられず、情状酌量の余地はありません」

法廷内で、口を開く者はいない。聞こえるのは、報道陣がノートに走らせるペンの音だけだ。

真生は光治に視線を移した。追うように傍聴席の視線も光治に注がれる。

「遺族である高瀬さんも、被告人に厳しい処罰を望んでいます。高瀬さんは、被告人は自分が犯した罪で遺族がどれだけ苦しんでいるか知らなければならない、ひとつの家庭をぼろぼろにした人間が、のうのうと生きている世の中であってはならない、罪を犯した者は必ず償わなければならない、そう訴えています」

光治は目を閉じたまま、遺影を抱えている。

「本件犯行の残虐性、その後の被告人の言動等により、被害者やその遺族が被った精神的、肉体的苦痛を考えれば、被告人に対する処罰感情の強烈なことは極めて当然のこと。この点は量刑上最大限に考慮されなければなりません」

真生は島津を見た。島津は額に汗を掻《か》いていた。膝《ひざ》の上に置かれた手は、固く握られている。島津を見やりながら、真生は論告の締め括《くく》りに入った。

「被告人は、証拠上、被告人が本件の犯人であることは疑いようがなく明らかであるにもかかわらず、捜査段階から一貫して否認を続け、公判段階においても否認を続けています。多くの証人を睨みつけ、ひたすら自己の刑責を免れんと足掻《あが》いている。悪辣《あくらつ》な犯罪を行ったことに対する反省の欠片《かけら》もありません。前科がないことを考慮しても罪責は重大で、社会で二度と同種の犯罪が起きないようにするという見地からも、被告人に猛省を促し、被告人に二度と犯罪を起こさせないという見地からも、被告人に対して厳罰をもって臨む必要があります。よって」

真生は勢いよく法壇に向き直ると、裁判長、寺元の目をひたと見据えた。

「被告人に懲役十五年の求刑をいたします」

報道関係者数人が、傍聴席から立ち上がり外に飛び出す。

真生は佐方を視界の隅で見た。佐方は腕を組んだまま俯《うつむ》いていた。

「以上です」

真生は証言台を離れ、席に着いた。

最終論告のあと、十五分の休憩を挟んだ。

ほとんどの人間が席を立つ。真生も部屋を出た。

廊下は、トイレに行く者や雑談をする傍聴人で、ごったがえしていた。喧騒《けんそう》を避けるように、突き当たりにある窓に向かう。

三階の窓からは、日中のオフィス街が見渡せた。ビルの合間を縫うように、車が連なっている。真生は車の流れを、見るともなしに眺めた。

裁判には流れがある。自分の計算どおりに進むこともあれば、予期せぬ方向へ変わる場合もある。

真生は今までにいくつもの裁判をこなしてきた。新米の頃はわからなかったが、中堅と呼ばれるようになった今では、流れを肌で感じとれるようになった。これは理屈ではなく、経験から得た感覚だった。

最終論告で、法廷内にいる人間の心を摑《つか》んだことはわかる。判決は求刑から一、二年ひいた相場どおりだろう。

それでも、今回の裁判は何かが違うと、真生の中で警報が鳴っていた。流れは間違いなく、真生に来ている。なのに、心がざわついて落ち着かない。こんな裁判は、はじめてだった。

気持ちを落ち着かせるために目を閉じかけたとき、背後から声をかけられた。

「庄司さん」

驚いて振り返ると三宅晃《みやけあきら》がいた。去年、地検に採用された検察事務官だ。今回の事件の捜査や証拠品の管理をしている。

「来てたの」

見知った顔を見て、緊張の糸が緩む。三宅はよく通る声で、はい、と答えると、スーツの襟を芝居じみた仕草で正した。

「筒井部長から、裁判所に赴き公判の模様をまめに連絡しろ、という指令を受けてやってまいりました」

部長には判決が出次第、連絡を入れることになっている。三宅をよこして途中経過を報告させるなんて、よほど裁判の行方が気になるのだろう。つまるところ、かつての部下と今の部下の勝負が気がかりだということか。

何も答えない真生から何か察したのか、三宅は真生の顔を覗《のぞ》き込むと、元気付けるように明るく笑った。

「大丈夫ですよ。筒井部長には、絶対勝てます、って伝えておきましたから」

三宅は腕を組むと、感心したようにうなずいた。

「やっぱり庄司さんはすごいですよ。見事な論告でした。完璧《かんぺき》です。裁判官や裁判員をはじめ、傍聴席にいたすべての人間が聞き入っていましたよ。勝利は確定ですね」

真生は浮かない顔で、目を伏せた。

「だといいけれど」

三宅は目を丸くして、意外そうな顔をした。

「何か、気にかかることでもあるんですか」

慌てて首を横に振る。

「いいえ。ただ、裁判は判決が出るまでわからないものだから」

なんだ、と言って、三宅は能天気に笑った。

「ずいぶん弱気ですね。庄司さんらしくないなあ」

弱気になっているのではない、不安なのだ、と言おうとしたがやめた。

三宅は仕事は細かいが、性格はおおざっぱな男だった。仕事でミスをしてこっぴどく叱られても、落ち込んだところを見たことがない。怒られた直後は、幾分、口数が少なくなるが、それもせいぜい半日のことで、翌日には何事もなかったかのように鼻歌を歌っている。

三宅の口癖は、しょうがないでしょう、だった。何かにつけて、しょうがない、と言う。へこんだってしょうがないでしょう、愚痴ったってしょうがないでしょう、である。よく言えばポジティヴ、悪く言えば物事を深く考えない性格なのだ。そんな三宅に、今の気持ちを話してもわかるはずもない。

それに、と三宅は言葉を続けた。

「あの佐方っていう弁護士。どう見ても冴《さ》えませんよね。裁判の前日に深酒をする神経がわかりませんよ。やり手だってうわさですけど、うわさはうわさにすぎませんからね。あんな男に、庄司さんが負けるわけないですよ」

公判初日に、三宅は佐方と会っている。真生が廊下で佐方に声をかけたとき、三宅は後ろで佐方を見ていた。

たしかに佐方は、見た目は冴えない。裁判の前日の深酒も理解に苦しむ。しかし、佐方は弁護のプロだ。自分にはそれがわかる。

佐方の眼には深さがあった。同じ海を眺めながら、人が水面を見ているときに、深海を覗いているような眼だ。静かでいながら、心の奥底に入り込むような眼差《まなざ》しをしている。あの眼が、真生を不安にさせるのかもしれない。

「そろそろ、時間じゃないですか」

三宅に声をかけられて、我に返る。腕時計を見た。三宅の言うとおり、まもなく法廷が再開する時間だった。

真生は深呼吸をした。

いつもなら三宅の、しょうがない、はあまり感心できない。しょうがない、と言い切る前に、もっと物事を考えたほうがいいと思う。

しかし、今は、三宅が言うことも一理あるかもしれないと思っていた。やるべきことはやった。あとは腹を据えて判決を待つしかない。

真生は三宅に向き直った。

「部長に伝えておいて。吉報をお待ちください、って」

微笑んだ真生に、三宅も微笑み返した。

「承知しました」

16

真生が席に戻ると、ほとんどの人間が席に着いていた。裁判官や裁判員も全員揃っている。

傍聴席には、被害者の夫である光治の姿もある。法廷を見渡した真生は、眉《まゆ》をひそめた。小坂の姿がない。隅々まで見渡すが、やはり見当たらない。

急用が出来て帰ったのだろうか、と思ったが、すぐにその考えを否定した。昨日、あれだけ裁判の行方を気にかけていた小坂が、判決を聞かずに帰るはずがない。

何かあったのだろうか。

落ち着きを取り戻しかけた胸が、ふたたびざわめく。

そのとき、法廷のドアが音を立てて閉まった。

再開の時間だ。

「裁判を再開します。弁護人、最終弁論をお願いします」

裁判長の寺元が佐方を見た。法廷にいる人間の目が、佐方に注がれる。佐方は頭を掻きながら、ゆっくりと席を立った。

いったい佐方はどのような最終弁論をするのか。真生は息をのんで佐方の言葉を待った。

まず、と佐方は切り出した。

「最終弁論に入る前に、裁判長にひとつお願いがあります」

お願い――。その言葉に、真生の心臓が大きく跳ねあがる。

寺元は金縁の眼鏡を指で持ち上げた。

「何でしょう」

佐方は寺元を見た。

「証人をひとり、この場に立たせていただきたいのです」

法廷内がざわつく。突然の証人申請に寺元も驚いているようだ。

寺元は真生に意見を求めた。真生は立ち上がりはっきりと言った。

「公判前整理手続中に請求していない証人であり、やむを得ない事情はありません」

寺元は目で真生に席に着くように訴えた。真生が椅子に座ると、寺元は佐方に視線を移した。

「検察官の言うとおりです。公判前整理手続のときに提示された証人は、すべて出廷したはずです」

佐方は神妙な面持ちでうなずいた。

「はい。しかし、公判前整理手続のあと、この事件に深い関わりを持つ証人がいることがわかったのです。それからずっと、証言台に立ってもらえるように交渉していました。

証人はある事情から証言台に立つことをずっと拒否し続けていました。ですが、今日の判決を前に、証言してもいい、と決意しここに来たのです」

室内のざわめきが、いっそう大きくなる。寺元は、静かに願います、と声を大きくした。

法廷内にふたたび静寂が戻る。寺元は言葉を選ぶように、佐方に尋ねた。

「その証言は、この事件にとって重要なものですか」

佐方は強い視線で寺元を見据えた。

「この事件の根幹に関わるものです」

法廷内にいる人間が、息をのむ気配がする。佐方は淡々と言葉を続ける。

「この証人の証言なしに、この事件は裁けません。今回、証言台に立つことは、証人にとって相当の覚悟がいるものでした。証言台に立つということは、証人が過去に犯した過ちを、自ら告白することになるからです」

佐方はここで、言葉を区切った。

「しかし、今日、証人はそれを承知でこの場に来てくれました。証人の葛藤《かっとう》と苦悩はいかばかりだったか」

佐方は法廷内をぐるりと見渡した。

「法壇にいる方々、そして、この法廷にいるすべての方に賢明な判断を願いたい。証人の勇気と気高い良心を無駄にしたくありません。証人が証言台に立つことを、どうか認めていただきたい」

法廷に昂奮《こうふん》と困惑の声が飛び交う。

寺元は両側に座る裁判官に耳打ちをした。三人は顔を寄せて何か話している。両側を陣取っている裁判員たちは、落ち着かない様子で裁判長の指示を待っている。

三人はしばらく顔を突き合わせていたが、うなずきあうと姿勢を正した。寺元は、法廷に向かって、十分間休廷します、と告げた。

裁判官と裁判員が退廷する。佐方が言った証人を立たせるか否か、評議室で協議するのだ。

予想外の展開に、傍聴席は混乱している。努めて冷静を装っているが、真生もそのひとりだった。検察側の席に着いたまま必死に考える。この事件に重要な証人とは誰だ。ほぼ勝利が決まっている判決を覆すかもしれないほどの証言とはいったい何だ。

裁判官たちが戻ってきたのは、予定時間を五分オーバーした時刻だった。真生にとっては一時間にも二時間にも感じる、長い時間だった。

寺元は席に着くと法廷内を見渡し、隅々にまでいきわたるような声で言った。

「両裁判官、六人の裁判員と協議した結果、異例ながら証人が証言台に立つことを認めます」

法廷内に感嘆とも呻《うめ》きともとれる声が湧き起こる。

真生は立ち上がった。

「法令、刑訴三一六条の三二違反により、異議を申し立てます」

　寺元は真生に顔を向けた。

「合議のうえ決定したことです。異議を棄却します」

　真生は震えそうになる手に力を込めた。組んだ手のひらにじんわりと汗が滲《にじ》む。これが、嫌な予感の正体だったのだ。やはりこのままでは終わらない。

　視界の隅に三宅が映った。窓際の隅の席で、心配そうにこちらを見ている。真生は三宅から視線を逸《そ》らし、席についた。

『部長に伝えておいて。吉報をお待ちください、って』

　少し前に自ら口にした言葉が、頭の中で崩れていく。

　真生は再び佐方を見た。佐方は手元の書類を手早く揃えている。これから読みあげる最終弁論だろう。

　歯を食いしばった。

　何を恐がっている。今さら誰が出てこようと判決は覆らない。それだけの立証を自分はした。それだけの仕事をしたという自負はある。佐方が何を摑《つか》んだのか、じっくりと見せてもらおう。

　佐方は部屋の前方にあるドアに向かうと、扉を開けた。すべての人間の目が、いっせいにドアに向けられる。

　開いた先に、ひとりの男が立っていた。歳は六十前後、猫背気味で、色褪《いろあ》せた紺色のジャケットを羽織っている。体つきは大きくも小さくもない。中肉中背だ。気難しい顔つきをしている。その表情が普段からのものなのか、緊張からくるものなのかはわからない。見覚えのない顔だ。

男の後ろに小坂がいた。席にいなかったのは、男に付き添っていたからだったのか。

いきなり、大きな音がした。全員の視線が、音がしたほうへ向けられる。

島津だった。椅子から立ち上がり、男を凝視していた。顔は青ざめ、唇は震えている。音は島津が立ち上がった弾みで倒れた椅子のものだった。両隣にいた警察官は倒れた椅子を元に戻し、島津を力ずくで座らせた。

真生は困惑した。島津は何をあんなに驚いているのか。なぜ、あれほど取り乱すのか。あの男は誰だ。

「どうぞお入りください」

佐方に促されて、男は法廷に入った。導かれるまま証言台に向かう。男は証言台に立つと手を前で組んだ。

寺元は男に向かって話しかけた。

「あなたが、証人ですか」

「そうです」

男は太い声で答えた。

「名前を教えてください」

「丸山秀雄《ひでお》です」

　名前に覚えはない。

「ご職業は」

「現在は無職です」

「よほどの決意を胸にこの場に来られた、と弁護側から聞きました。この場で証言したことは、すべて公判記録に残ります。それをご承知ですか」

「はい」

　寺元は丸山の気持ちを確かめると、うなずいて佐方を見た。

「証人尋問をはじめてください」

　佐方は証言台の前に立った。丸山と向き合う姿勢を取る。佐方は丸山をじっと見つめた。

「まず、この場を借りてお礼を申し上げたい。正直、来ていただけないと思っていました」

　丸山は何も答えず、黙って俯《うつむ》いている。礼などいらない、とでも言うように目を閉じている。佐方は法廷を見渡した。

「では、証人尋問をはじめます」

　佐方は手元の書類を開いた。

「丸山さん、年齢はいくつですか」

「六十一です」

「かつてのご職業は」

「警察官です。昨年、定年を迎えて今は隠居の身です」

法廷内が緊迫する。寺元も意外だったようで、目を瞬《しばた》かせた。佐方は尋問を続ける。

「経歴を教えていただけますか」

「県警警察官採用後、管轄の交番に勤務。その後、県警本部交通二課に巡査部長として所属。最終的に警部補で退官しました」

佐方は顔をあげて、丸山を見た。

「今日、この場に知っている人間はいますか」

俯いていた丸山は、わずかに目をあげた。

「はい、います」

傍聴している人間たちは、互いに顔を見合った。

「それは誰ですか」

丸山は顔をあげて、ゆっくりと横を見た。

「そこに座っている男性です」

丸山の目は被告人席を見ていた。法廷内すべての人間の目が、被告人席に座る島津に集中する。佐方は改めて確認した。

「島津被告人を知っているんですね」

丸山はうなずいた。

「そうです」

島津はふたりを、もの凄《すご》い形相で睨《にら》みつけている。

真生は不思議に思った。丸山は佐方が呼んだ証人だ。自分に有利な証言をするはずの人間を、なぜ島津は敵意を含んだ目で見るのだろうか。

佐方は島津の視線を無視して、質問を続ける。

「島津被告人を知ったのはいつですか」

「今から七年前です」

「どのような経緯で知ったのですか」

「ある事件がきっかけです」

佐方は、ある事件、と繰り返し言葉を強調した。

「それはどのような事件ですか」

丸山は冷静な口調で答えた。

「当時、小学校五年生の男の子が、塾の帰りに車に撥《は》ねられて死亡した事件です」

「異議あり。関連性がありません」

真生は立ち上がった。口から出た自分の声に驚く。掠《かす》れている。緊張で口の中が渇いている。

寺元は佐方を見た。

「弁護側は七年前の事件を、この場に持ち出す理由を述べてください」

佐方は寺元を見返した。

「それは、私が次にする質問でわかります」

寺元は眉《まゆ》をひそめたが、黙ることで引き下がった。真生もいたしかたなく椅子に座る。

佐方は尋問を再開した。

「七年前の交通死亡事故。そのときに亡くなった子供の名前を教えてください」

丸山は冷静な口調で答えた。

「高瀬卓くんです」

高瀬。その苗字《みようじ》が何を意味するのか理解するまで、わずかな時間が必要だった。

真生は短く声をあげた。

丸山は言葉を続けた。

「今回の被害者、高瀬美津子さんの息子さんです」

法廷内に、驚きの声があがる。その声にかぶさるように、佐方の声が法廷に響いた。

「被害者の息子さん。ということは、傍聴席に座っている美津子さんの夫、高瀬光治さんの息子さんでもありますね」

「そうです」

真生は傍聴席にいる光治を見た。

光治は佐方を見ていた。鋭い視線だ。光の加減だろうか。心なしか、顔が蒼《あお》ざめているように見える。

　佐方の尋問が続く。

「その事故の状況を、詳しく説明してください」

　供述調書を読み上げるような口調で、丸山は答えた。

「七年前の六月十六日の夜。三森市岡崎町の路上で交通事故が発生しました。車と自転車の衝突事故で、自転車の少年が十数メートル跳ね飛ばされて死亡しました。天候は雨。唯一の目撃者は死亡した少年の友人で、少年の自転車の後ろを、同じく自転車で走っていました」

「唯一の目撃者だった友人の証言は、どのようなものだったのですか」

「車が信号を無視して、ものすごいスピードで横断歩道に突進してきた。自転車を撥ねたあと車から降りてきた男は酒の匂いがしていた、というものでした」

　佐方は頭を掻《か》いた。

「運転手は危険運転致死傷罪に問われるべきだった、ということですね」

「はい。本当ならば」

　佐方は誇張気味に、不可解な顔をした。

「本当ならば、というのはどういうことですか」

　ここで丸山は、はじめて言いよどんだ。

「言ったとおり、本当ならば、ということです」

佐方が丸山の言葉の意味を解く。

「本当ならば、運転手は危険運転致死傷罪として裁かれるはずが、処分は違うものになった、ということですね」

丸山は唇を噛《か》み締めて、うなずいた。

「事故の原因は、少年の過失になりました」

法廷がふたたびざわめく。寺元も前に身を乗り出して、ふたりのやり取りに聞き入っている。

佐方は質問を続ける。

「目撃者がいるのに、なぜ事実が捻《ね》じ曲がったのですか」

「運転手が信号無視と飲酒の事実を否定し、飲酒の事実も出てこなかったからです」

「目撃者の証言は、採用されなかったのですね」

「雨がひどく視界が悪かったことに加え、まだ子供で動揺が激しかったこともあり、混乱して思い違いをしたのだろう、ということになりました」

「事故処分はどのようなものになったのですか」

言葉に詰まりながら、丸山は答えた。

「事故の原因は少年の信号無視による飛び出し。運転手は不起訴になりました」

傍聴席から、信じられない、というような声が漏れる。

佐方が問う。

「その運転手の名前を教えてください」

丸山は俯いていた顔をあげると、一度、佐方を見てから被告人席を見た。

「島津邦明です」

真生は口に手をあてた。

法廷内が騒然とする。静かに、と二回叫び寺元は、では、とふたりのやり取りに割って入った。

「高瀬夫妻の息子さんを交通事故で死亡させたのは、島津被告人だというのですか」

声が上擦っている。

丸山は寺元を見た。

「そうです」

再び法廷内にざわめきが起きる。誰ひとり、冷静ではいられないのだ。

島津は丸山を、瞬《まばた》きもせずに睨みつけている。

佐方は証言台に手を置いた。

「被告が不起訴になったと知ったとき、あなたはどう思われましたか」

法廷内が静かになる。すべての人間が、丸山の答えを待っていた。丸山は搾り出すように答えた。

「やはり、と」

「それは、あなたは被告が不起訴になることがわかっていた、ということですか」

「はい」

「それは、なぜですか」

丸山の返答が次第に遅くなる。丸山は言葉を区切るように答えた。

「私がそう仕向けたからです」

報道席の記者たちは、ひたすらペンをノートに走らせる。

寺元が、険しい顔で尋ねた。

「そして事実が捻じ曲げられた、ということですか」

丸山ははっきりとした口調で答えた。

「はい、そうです」

いきなり、島津が立ち上がった。両脇にいる警官が、驚いて取り押さえる。椅子に座らせようとするが、島津は座らない。全身を硬直させて、立ったまま丸山を凝視している。裁判長が発言を許したら、ありったけの声でふたりを罵倒《ばとう》しそうな形相だ。

警官は力ずくで、島津を椅子に座らせた。押さえ込まれた島津は、荒い息を吐いてハンカチを口に当てた。昂奮《こうふん》すると気分が悪くなる質《たち》なのだろう。公判中に幾度か見た光景だった。

寺元は強い口調で、島津に注意をした。

「被告人は静かにするように。それ以上騒ぐと審判妨害罪になりますよ」

その言葉に、島津はやっと静かになった。しかし、表情は変わらない。憎しみを込めた目で、佐方と丸山を睨《にら》んでいる。

　島津がおとなしくなったところを見計らって、佐方が口を開いた。

「証人尋問を続けます。では、丸山さん、七年前の事故の真相が捻じ曲げられた経緯を、詳しく説明してもらえますか」

　丸山は記憶を辿《たど》るような目で、前方を見つめた。

「事故が発生した日、宿直だった私はすぐ現場に直行しました。路上にはパトカーや救急車が止まっていて、野次馬がたくさんいました。事故の現場に原型をとどめていない自転車があり、それを見た私は、自転車に乗っていた人間は助からない、と思いました。そのくらい、自転車の損傷は激しかったのです。車が相当のスピードで衝突したことは、容易に想像がつきました」

　言葉が途切れる。佐方は沈黙をもって続きを促した。

　丸山はゆっくりと言葉を続けた。

「現場検証を行っていた警官の話によると、被害者は塾帰りの少年で、加害者は地元の建設会社社長。そして、加害者にはもうひとつ肩書きがありました」

「それは、何ですか」

　すべての人間が、丸山の答えに耳を澄ます。

「公安委員長です」

　丸山の答えを、寺元はもう一度繰り返した。

「公安委員長」

丸山がうなずく。

「それを知ったとき、頭の中に翌朝の新聞の見出しが浮かびました。『現職公安委員長、飲酒運転で死亡事故』。警察を監視すべき人間が飲酒運転をしたうえに、少年を死亡させた。これは大変なことになった、と思いました」

「しかし、実際は新聞に載らなかった」

佐方が言葉を引き継ぐ。

丸山はその問いには答えず、言葉を続けた。

「私は署に戻ると、すぐに当時の上司だった交通二課の警部補に電話を入れました。警部補は自宅にいました。私は、新聞記者がかぎつけるから、会見の準備などマスコミ対策をしたほうがいい、と言いました」

「上司は何と答えましたか」

「何か考え込んだように黙っていましたが、しばらくすると、ぜったいに外へ漏らすな、そのまま待機しろ、と言いました。私は指示通り、現場検証を行った警官に外部に漏らさないように固く口止めし、連絡を待ちました。電話が入ったのは二時間後のことでした」

「内容はどのようなものでしたか」

丸山は言いよどんでから答えた。

「警部補は、事故の原因は少年の信号無視による飛び出しだ、と言いました」

「それを聞いて、どう思いましたか」

「言葉が出ませんでした」

佐方は手を後ろで組むと、視線を足元に落とした。

「実際、飲酒はあったのですか」

丸山はわずかに沈黙し、口を開いた。

「私は電話を切ったあと、事情聴取を受けているはずの島津氏に会いに行きました。しかし、彼は取調室にいませんでした」

「どこにいたのですか」

「医務室です。ベッドに横になっていました」

「事故でどこか怪我をしていたのですか」

丸山は首を横に振る。

「見たところ、どこも怪我をしている様子はありませんでした。横になっていたのは、まともに歩けないほど酒を飲んでいたからです」

「ということは、島津被告は」

佐方が言葉を繋《つな》ぐ。丸山はうなずいた。

「島津氏は飲酒していました。泥酔状態で私にずっと、同じことを繰り返していました。俺にこんなことをしてもいいと思ってるのか。いままで助けてやった恩を忘れたのか、と」

　寺元が目だけで島津を見た。

「呼気の検査はしなかったのですか」

　佐方が問う。

「検査でアルコールが検出されても、検査の結果を検察庁に送る記録に綴《つづ》らなければ、飲酒運転にはなりません」

「それは、検査でアルコールが検出されていたにもかかわらず、その事実を隠匿した、ということですか」

　丸山は辛《つら》そうに目を閉じると、消え入りそうな声で答えた。

「はい。私が調書を作り直しました」

　法廷内がざわめく。

「マスコミへの対応はどうしたのですか」

　佐方が傍聴人の声に、自分の声を重ねる。法廷が再び静かになる。佐方は質問を続けた。

「被害者の怪我が軽く命に関わらなければ、その日の紙面構成などの理由で新聞に載らなかったり、掲載になっても加害者の住所や肩書きのみで、本名が載らない場合はあります。しかし、ひとりの子供が死亡した交通事故で加害者の氏名が紙面に載らないケースはまずありません。だが、島津被告人の名前は載らなかった。ここにも、丸山さんしか知らない理由があるように思うのですが」

まわりが固唾《かたず》をのんで、丸山の返事を待つ。今にも倒れそうな顔をしていた丸山は、決定的な一打を食らったような顔をした。そして、深い息を吐き出した。

「電話の最後に私は、新聞記者やマスコミへの対応はどのようにすればいいのか尋ねました。警部補は、そんなこともわからないのか、とでも言うように舌打ちをして、この事故は少年の信号無視による過失だ。運転手は加害者じゃない、と言いました。そして、電話は切れました」

佐方は顔を上げ、遠くを見るような目をした。

「事故が歩行者と車の間で発生し歩行者が死亡した場合、過失は百パーセント車側になる。しかし、この事故は車と自転車だ。しかも、自転車側に過失があったことにすれば、車を運転していた者を加害者と断定できなくなる。断定できない以上、車を運転していた人間、つまり、島津被告人の名前を伏せることは可能である、ということですか」

質問とも納得とも取れる口調で佐方はつぶやく。

丸山は沈黙をもって認めた。

あなたは、という寺元の声が法廷内の沈黙を破った。

「それが犯罪であると、わかっていましたよね。法を守るべき人間が法を破る。それがどれほど重い罪かということを知りながら、なぜそのようなことをしたのですか」

身体の前で組まれた丸山の手に力がこもる。

「家族を、守るためです」

丸山はいきおいよく顔をあげた。

「当時、私には年老いた母がいました。以前から認知症を患っていましたが、それが次第にひどくなり、徘徊《はいかい》までするようになっていました。妻と相談して地域の高齢者福祉施設への入所も考えましたが、そんな金はなかった。もちろん、扶養家族手当てや介護手当てはついていました。でも、それを全額当てても、入所費の半分にしかなりません。妻も働いていましたが、弁当屋のパートの収入では、高が知れています。しかも、仕事と介護の疲れでしょっちゅう体調を崩し仕事を休んでいましたから、妻の収入を当てには出来ない。ふたりの子供たちは育ち盛りで、教育費がこれからどんどんかかる。家のローンも、まだ残っている」

前方を凝視している丸山の目が、かすかに潤みはじめる。

「上の命令に背けば、左遷は目に見えていました。給料が減るうえに、私は職場を変わらなければならない。子供はちょうど思春期に差しかかっている年齢で、そのような不安定なときに転校などさせたくなかった。妻も、知らない土地で手のかかる母親を抱えて暮らしていくには心身ともに負担が大きすぎる。そんなことをしたら、本当に妻は身体を壊してしまう、そう思いました。しかし、当時の我が家には、二重生活で暮らしていけるだけの金銭的余裕はなかった。警部補は黙り込んでいる私に、調書を書き直せば悪いようにはしない、と言いました」

丸山は目をきつく閉じ、うなだれた。

「法を守れば、家族を守れない。私は法より家族が大事だった。そのときの私に、選ぶ道はひとつしかありませんでした」

法廷内が静まり返る。誰ひとり、口を開く者はいない。静寂を、佐方の重々しい声が破った。

「被告はあなたが作り替えた調書によって、不起訴になった」

言葉が出てこないのだろう。丸山は黙っている。

佐方は丸山を、厳しい口調で問い詰める。

「警察はみんなでグルになって、公安委員長の飲酒運転死亡事故を隠蔽《いんぺい》した。そうですね」

丸山は震える声で認めた。

「そうです」

佐方はさらに丸山を追い詰める。

「亡くなった少年や、両親である高瀬夫妻に罪悪感はなかったのですか」

「当然ありました。とくに、父親が警察にやってきた夜は眠れませんでした」

父親、と佐方は繰り返した。

「あなたは高瀬さんに、会っているのですか」

丸山が、はい、と答える。

「父親は事故の加害者が不起訴になったと知って、理由を聞きに警察にやってきました。私は自席で仕事をしていたのですが、下のほうが騒がしいので廊下にいた者に、何かあったのか、と尋ねました。すると、交通事故で息子を失った父親が不起訴になったことを不服に思い、事故の担当者に会わせろと受付で騒いでいるのだ、との答えが返ってきました。私は、事実を捻《ね》じ曲げた交通事故の遺族だ、と直感しました」

「それで、丸山さんはどうしたのですか」

「自分が出て行かなければ騒ぎは収まらないと思い、受付に行こうとしました。すると、当時の課長が、会うな、と止めました。会って騒ぎを大きくするな、黙って追い返せ、と言われました」

「しかし、丸山さんは父親に会いに行った」

丸山がうなずく。

「会わずにはいられませんでした。自分が犯した罪から目を背けてはいけない、と思ったのです」

佐方は質問を続ける。

「高瀬さんはどんな様子でしたか」

「不起訴が納得できない、と受付で怒鳴っていました」

「あなたはどうしました」

「このままでは留置所に入れられてしまうと思い、とにかく署から出しました」

「受付で、担当者を出せ、と訴えている高瀬さんを見てどう思いましたか」

丸山は黙った。長い沈黙のあと、ひと言だけつぶやいた。

「辛かったです」

法廷内が静まり返る。

ひとりの女性が静寂を破った。

「なぜ、今になって話すつもりになったのですか」

裁判員の女性だった。歳は四十前後、怒りとも悲しみともつかない複雑な表情をしている。許可を得ない異例の質問だったが、寺元はこれを黙認した。

丸山はしばらく俯《うつむ》いていたが、何かを吹っ切るように上を見あげた。

「佐方弁護士がはじめて家を訪ねてきたのは、今から二ヵ月ほど前でした。彼は会うなり、七年前に起きた交通死亡事故の真実を法廷で証言してもらいたい、と言いました。私は驚きました。限られた人間しか知らない事実を、なぜ彼が知っているのか不思議に思い、同時に彼を恐れました」

佐方は黙って聞いている。丸山は再び俯いて目を閉じた。

「七年前の事故は、私の中で封印したものでした。誰にも言わず、一生、墓場まで持っていこうと決めていたものでした。それを、なぜ今になってこの男が持ち出してきたのかわからなかった。最初は私に鎌をかけているのかと思いました。でも話を聞くうちにそうではないとわかりました。彼は間違いなく、事故の真相を摑《つか》んでいたのです。彼は今回の事件の経緯を語り、事件をまっとうに裁くために私の証言が必要だと言いました。しかし、私は断り続けました。自分の罪を告白するのが恐かった。そして、島津は裁かれて当然の人間だ、と思っていました。彼は七年前に罪を犯している。どんな形であれ、裁かれるべき人間だと思ったのです」

丸山は疲れたように、息を吐いた。休憩を入れるか尋ねる佐方に、丸山は首を横に振り言葉を続けた。

「断り続けても、彼は私を訪ねてきました。週に一度、ときには二度も現れて、証言してくれ、と詰め寄る。あまりのしつこさに、玄関先で大きな声をあげたこともあります。それでも彼はやってくる。無視すればいずれ諦《あきら》めるだろうと、顔を出さないこともありました。それでも、彼は諦めない。ずっと通ってくる。でも、すべてこの裁判が終わるまでだ、と私は思いました。裁判が終われば、彼が私のもとを訪れる理由はなくなる。七年前の事故を蒸し返されることはない。それまでの辛抱だ、と思いました」

なぜ、今になって話す気になったか、と尋ねた女性が、椅子の上で身じろいだ。質問の答えがなかなか出てこないので、もどかしくなったようだ。

女性の内心を悟ったのか、丸山は話の筋を変えた。

「しかし、彼は公判初日になってもやってきました。そして、昨日も私の許《もと》を訪れたのです」

真生は驚いて佐方を見た。昨日といえば、駐車場で佐方と小坂に出くわした日だ。佐方はあのあと、丸山の家に行ったというのか。

　丸山は言葉を続ける。

「それまで無視し続けてきた私も、さすがに呆《あき》れました。しかし、それと同時に、その直向《ひたむ》きさに驚いたのです。判決の前日まで通ってくる懸命さに心が揺れました。でも、そのときもまだ、証言を引き受けるつもりはありませんでした。会うのも今夜で最後になるであろう男に、顔だけでも出しておこうと思っただけでした」

「でも、今日あなたは来てくださった」

　横から割って入った佐方に、丸山はうなずく。

「玄関に立つ彼に私は、ここまで通った努力には頭が下がる、だが、私の気持ちに変わりはない、諦めろ、と言いました。しかし、彼は引き下がらない。いつも以上に食い下がる。そうですよね。これが最後のチャンスだ。必死だったでしょう。やり取りはいつもより長引き、私も苛立《いらだ》ってきました。そして、あなたが証言台に立たなければ誤った裁判が行われる、と言う彼に向かって、罪人は裁かれて当然だ、と叫びました。私はしまった、と思いました。その言葉は、島津が七年前の事故の加害者であり、私が彼の罪を隠匿した、と認めるものでしたから」

　昂奮《こうふん》してきたのか、次第に早口になってくる。丸山は懐からハンカチを取り出し、口元の唾《つば》を拭《ぬぐ》った。

「私はてっきり、彼はそこをついてくると思いました。やっぱり嘘を言っていたんじゃないか。この期に及んでじたばたするな、と攻め立ててくるだろうと。私は恐くなり玄関の戸を閉めようとしました。すると彼は何か考え込むように俯いたまま『あなたの言うとおり、罪を犯した者は裁かれるべきです』と言いました。そして、私の目をまっすぐに見て、『そして、罪を犯した者は真実を述べなければならない』と言ったのです」

そこで丸山は言葉を区切った。

「彼は言いました。誰でも過ちは犯す。しかし、一度ならば過ちだが、二度は違う。二度目に犯した過ちはその人間の生き方だ、と。今ならまだ七年前の事故を、たった一度きりの過ちと言い切れるだろう。だが、この裁判から逃げたら過ちではなくなる。あんたは単なる犯罪者だ、と言ったのです」

丸山は合わせる顔がない、とでも言うように下を向いた。

「彼を玄関から追い出し鍵《かぎ》をかけると、寝室に駆け込み頭から布団をかぶりました。私の頭の中からは、彼が言った言葉がずっと離れませんでした。二度目に過ちを犯したら、それがその人間の生き方になる。私は単なる犯罪者だ、という言葉が」

丸山はゆっくり顔をあげると、後ろを振り返り傍聴席を見た。目がかすかに赤みを帯びている。

傍聴席の最後列に青年がふたり座っていた。ふたりは歯を食いしばり、何かに必死に耐えているような表情をしている。その隣には青年たちの母親らしき女性が、俯いて座っていた。ときどきハンカチで目頭を押さえている。丸山は三人を順に眺めると、下唇を噛《か》んで姿勢を元に戻した。

「私にはふたりの子供がいます。もう成人して独立していますが、子供がまだ小さい頃、犯人を逮捕して帰った日には、かならず子供に話していたことがあります。それは、彼が昨日、私に言ったことと同じものでした。誰にも間違いはある。大切なのはその後だ。二度と間違いを繰り返さないことがもっとも大事なんだ、と」

丸山はハンカチで無造作に顔を拭った。汗を掻《か》いているわけではない。

「私は四十年近く、警察官を務めてきました。そして、昨年、定年を迎えた」

ハンカチを懐にしまい、姿勢を正す。

「私は警察官という仕事に、誇りをもって生きてきました。その私にとって、あの交通事故は唯一の汚点でした。自分の恥でした。心の奥底に封印し、忘れようとしても忘れられなかった過ちでした。あのときの過ちを、いま証言台で告白しなければ、私の警官人生がすべて偽りだったことになる。私の人生そのものが偽りになってしまう、と感じました」

丸山は詫《わ》びるような目で、傍聴席に座る光治を見た。

「長年、事件を扱っていると、罪の連鎖に出くわすことがあります。罪が罪を生む事件です。今回の事件がそうです。第二の罪を生ませた原因は、私にあります」

丸山は前を見据えて、声を張りあげた。

「私は警官でした。誰よりも法を守らなければいけない人間でした。何があっても、真実を貫き通さなければいけませんでした。私が正義を貫き通していれば、今回の事件は起きなかった。私は」

丸山は声を詰まらせた。法壇に向かい、深く頭《こうべ》をたれる。

「私は裁かれなければなりません」

法廷が静寂に包まれる。

「証人の証言は」

いきなり、真生は立ち上がった。すべての人間の目が集中する。真生の声は震えていた。最後の局面で出てきた、今までの流れを覆すかもしれない証言に、憤りとあせりを感じていた。

真生は渇いている喉《のど》に唾を流し込んだ。

「証人の証言は興味深くはありますが、本件に関係ありません」

掠《かす》れた声は、法廷内にとどまることなく消えていく。

寺元は真生に発言を控えるように指示し、丸山に着座するように促した。

法廷は困惑と昂奮に包まれた。

17

丸山が法廷の隅に用意された席に着くと、佐方は証言台の前に立った。法壇から順に傍聴席を見やり、最後に寺元を見た。

佐方はここに辿《たど》りつくまでの経緯を話しはじめた。真生は佐方の言葉に意識を集中した。

「被告人から依頼があり本件を調べはじめた私は、ある疑問を抱きました。それは、被告人が一貫して無実を主張していたことです。物的証拠、状況証拠ともに被告人には不利なものばかりでした。すべての証拠が、犯人が被告人だと訴えている。しかし、被告人質問でお聞きになったとおり、被告人は無実を訴えていました」

佐方は傍聴席に座る人々を眺めた。

「この場にいらっしゃるみなさんにお聞きしたい。もし、あなたが犯人だったら、ここまで不利な証拠があがりながら、無実を主張しますか」

いきなり質問を向けられた傍聴人たちは戸惑ったようだった。ある者は考え込むように腕を組み、ある者は難しい顔で佐方の次の言葉を待っている。

「私の今までの経験では、ここまで証拠が揃っている場合、自分が犯人ならば無実は訴えません。多くは正当防衛、もしくは、計画的ではなく突発的な犯行だったとし、殺意否認を主張します。勝ち目のない無実など訴えず、いくらかでも減刑になるような方法を考えるでしょう。しかし、被告人は無実を主張した。私は、被告人は犯人ではない、と直感しました」

島津はおとなしく佐方の弁護を聞いている。

「さらに、私はもうひとつの疑問を抱きました。動機です。本件は不倫関係にあった男女の痴情のもつれが動機とされています。たしかに男女間での嫉妬《しっと》や憎しみで、殺傷事件が起きた事例はいくつもあります。しかし、それらの多くは、長い付き合いの中で感情がもつれ、行き着くところまで行き着いた結果として起きています。本件の被告人と被害者は、知り合ってまだ数ヵ月しか経っていません。それなのに動機を痴情のもつれとするのは、あまりに短絡的な見解です」

真生は佐方を睨《にら》みつけた。たしかに島津と美津子が知り合ってから、殺害に至るまでの時間は短い。だからといって、それが動機になりえないことはない。付き合った時間の長さと関係の深さは、必ずしも比例するものではない。

佐方は法壇の前を、ゆっくりと歩いた。

「では、本件が起こった動機は何か。私は被告人と被害者が知り合ったきっかけを調べました。ふたりの周辺を聞き込んだ結果、きっかけは、被告人が開いている陶芸教室に被害者が通いはじめたことだとわかりました」

佐方は立ち止まると、俯《うつむ》いていた顔をあげて傍聴席を見た。

「ここで、再びみなさんにお聞きしたい。みなさんは、新しく習い事をはじめようと思ったとき、教室をどのように決めますか」

佐方は問うように、傍聴席をぐるりと見渡す。

「普通、何か習い事をはじめようと思ったら、ある程度の下調べをするはずです。インターネットで調べたり、知人に評判を尋ねたりもするでしょう。でも、多くの人は実際にいくつかの教室へ足を運び、講師の人柄や教室の雰囲気を確かめるはずです。たいがいの教室は無料体験を実施しています。それに申し込み、自分に合うかどうかを試すはずです。少なくとも、私なら、そうします」

数人の傍聴人が、同意するようにうなずく。

佐方は法壇を見やった。

「しかし、被害者がほかの陶芸教室を見て回ったという事実はありません。私は被害者の写真を持って、市内および近郊にある陶芸教室をしらみ潰《つぶ》しにあたりました。結果、被害者がほかの陶芸教室を訪れたという話は一件も出てきませんでした。しかも被害者は、陶芸教室の無料体験に申し込むことなく、訪れた初日に受講生として入会しています。これは、はじめから被告人が代表者である教室に通うことを決めていたとしか思えません。被害者が教室に通う目的は、陶芸を学びたいからではなく、被告人に会うためでした」

だが、と佐方は再び歩きはじめた。

「被害者は被告人に会えませんでした。被告人は、教室を開いた頃は夢中になって講師を務めていましたが、被害者が通いはじめた頃には開講当初の熱は冷め、教室に出向くことはなくなっていたのです。講師は代理の人間が務めていました。そこで、被害者はある行動に出ます」

法廷に緊張が走る。

「被害者ははじめて教室を訪れたとき、事務員に次のように聞いています。私はホームページに載っている島津先生の作品に惹《ひ》かれてこの教室を受講した。ぜひ、先生にお会いしたい。どうしたら先生に会えるのでしょうか、と。事務員は、半月後に被告人の個展が開催される、と伝えました。被害者はその個展を訪れ、島津に会っています。これは、個展を訪れていた被告人の知人が目撃しているので間違いありません。被害者は被告人の作品を褒め称《たた》え、ぜひ教室で教えてほしいと懇願した。自分の作品に素直に感動する女性を目の当たりにして、さぞ喜んだのでしょう。被告人は翌週から、毎週かかさず教室に顔を出しています」

「あの、いいですか」

男の声が、佐方の言葉を遮った。佐方が足を止める。法廷内の目が、いっせいに声の主に向けられる。声を発したのは、裁判員席に座る男性だった。見た目、二十代半ば。白いワイシャツに、ブルーのネクタイを締めている。

裁判長の寺元が発言を許す。男性は軽く会釈すると、佐方に質問をした。

「先ほど弁護人は、被害者が教室に通う目的は陶芸を学びたいからではなく、被告人に会うためだった、と言いましたが、今の話を聞くと、被害者が本当に被告人の作品に感動して師と仰いだ、そう受け取れます。そこに、何の疑いも持ちませんが」

男性の隣にいる女性裁判員が、もっともだ、というような表情をした。佐方は顔色ひとつ変えずに、男性の質問に答えた。

「被告人の腕前は」

佐方は言葉を切ると、被告人席に目をやった。

「お世辞にも秀でているとは言えないものです。関係者の話ではいわゆる旦那芸《だんな》で、他人を感動させるようなものではありません。陶芸教室が存続できていたのも、優秀な代理講師がいたからです」

自分を侮辱する言葉に、島津の顔が見る間に赤くなる。許されるものなら、「異議あり！」と言葉を発したそうな顔だ。佐方は島津の憤懣《ふんまん》を無視して言葉を続けた。

「万が一、本当に被告人の腕に惚《ほ》れ込んでいたのなら、なおさら疑惑が湧きますね」

なぜ、というように、男性が首を傾げる。

「仮に私が、被告人から教えを乞《こ》いたい、と思ったら、教室に入会する前に、教室に通えば被告人から教えてもらえるか確認をとりますね。だが、被害者は確認をとっていない。なぜか。被害者は被告人から教えを乞いたいなどと思っていなかった。被害者が被告人に近づいた目的は他にあったからです」

男性は目を見開いた。

「被害者はある目的から、島津に近づく方法を探っていた。その中で島津が陶芸教室を開いていると知ったのです。おそらく、インターネットか誰かの口からでしょう。だが入会してみて、今はもう被告人は教室に来ていないことを知った。でも、被害者は諦《あきら》めなかった。事務員から個展の話を聞き出し、会場に赴き接触を図った」

男性は納得したように、うなずいた。

「そうまでして、被告人に近づかなければならなかった理由は何か」

佐方は再び歩きはじめた。

「私は被害者と被告人の経歴を調べました。それぞれの出身地、出身校、勤務歴、友人関係。どこからか、双方の接点が出てくるのではないかと思ったのです。しかし、いずれからも繫《つな》がりは見出《みいだ》せませんでした。ですが、調べていくうちに興味深い出来事に突き当たりました」

左陪席にいる長岡裁判官が、わずかに身を乗り出した。

「被告人は以前、県の公安委員長を務めていましたが、就任した初年度で辞めています。私はそれがとてもひっかかりました。通常、公安委員の任期は三年です。被告人はなぜ、途中で辞めたのか」

佐方は足を止めた。

「私は被告人に理由を尋ねました。被告人はこう答えました。自分が経営している会社の仕事が忙しくなり、兼ね合いがつかなくなったからだ、と」

佐方が被告人席を見る。

「私は落胆しました。そんな見え透いた嘘が通じると思ったのだろうか、と。世間体や肩書きを何より重んじる被告人が、そのような理由で公安委員長という肩書きを捨てるはずがないではないですか」

被告人を弁護すべき立場の人間が、被告人に不利な発言をする。前例のない出来事に、法廷はざわめいた。

今や島津は、敵を見るような眼で佐方を見ていた。視線が暴力的な色を含んでいる。佐方は島津の視線を無視して、傍聴席を眺めた。

「そのような人間が公安委員長を辞退するにはよほどの理由があったのだろう、と私は思いました。そして、本当の理由を調べるために、被告人と同時期に公安委員会に所属していた人間を訪ねました。しかし誰もが、言葉を濁してはっきりとは答えません。自分たちも探られれば痛い腹があったのかどうか、それはさておき」

佐方は、また歩きはじめる。

「内部からの聞き出しは無理だ、と悟った私は、別ルートを探しました。改めて一から資料を調べ、被害者と被告人の間にある符合を見つけました」

法廷内が息をのむ。

「ある符合。それは、七年前の事故、でした」

「七年前の事故」

真生は思わずつぶやいた。

「被告人が公安委員長を辞めた七年前、被害者のひとり息子が事故で亡くなっていたのです。私はすぐに米崎市を訪れて、地元の図書館へ行きました。保存されている地元の新聞を調べて、その時期の交通事故の記事を探したのです。求めていた記事はすぐに見つかりました。七年前の六月十七日、事故発生の翌日の地域欄に、その記事は載っていました。これが、その新聞のコピーです」

佐方は弁護席に戻ると、机に置いてあった一枚の紙を高く掲げた。傍聴席の人間も同じような格好をしている。佐方は新聞を手元に降ろすと、記事を読み上げた。

「亡くなった少年の名前は高瀬卓くん。三森市岡崎町、高瀬光治さんの長男、十歳。六月十六日、夜十時頃、塾帰りの路上で乗用車と衝突。全身打撲による臓器損傷で死亡、とあります。卓くんを轢《ひ》いた人間の氏名は記載されておらず、建設会社社長とだけありました」

佐方は顔をあげて叫んだ。

「先ほどの丸山さんの証言ですでにおわかりのとおり、この事故の加害者が今回の被告人、当時、公安委員長を務めていた島津被告人です」

マスコミ陣は必死にノートを取っている。頭の中に明日の朝刊やニュースの見出しが浮かんでいるのだろう。佐方は口調を戻し、弁護を続ける。

「この符合に気づいたのは、ちょうど、公判前整理手続が終わってから一ヵ月が過ぎた頃でした。私はすぐさま、この事故で島津被告人がどのような処分を受けたのか調べました。地検の記録によると、島津被告人は嫌疑不十分で不起訴になっていました。その処分が過ちであったことは、すでに丸山さんが証言しています」

寺元が口を挟んだ。

「現段階では、丸山さんの証言が正しいかどうかは判断できません」

佐方は寺元を冷ややかに見つめた。

「通常、交通事故で被害者が骨折以上の重傷を負った場合、地方版では双方の氏名、年齢、住所まで新聞に記載されます。しかし、新聞には相手の氏名はおろか住んでいる町名すら出ていない。このことから、県警が意図的に加害者の過失を揉《も》み消したことは明白です」

裁判長はそれ以上、何も言わなかった。佐方は発言を続ける。

「島津被告人の不起訴を知った高瀬夫妻は、納得できずに街頭で目撃者を探しています。夫の光治さんに至っては、警察に赴き不服を訴えている。そこで、丸山さんと対面した」

傍聴席の端の席についている丸山は、ずっと下を向いている。膝《ひざ》の上で祈るように手を組み、ぴくりとも動かない。佐方はいま一度、七年前の事故の記事が載っている新聞を掲げた。

「高瀬夫妻は息子の無実を信じ、被告人に恨みを抱いた。本件の動機は、高瀬夫妻の復《ふく》讐《しゅう》です」

法壇の一番左にいる裁判員が手をあげた。まだ青年と呼べるような年回りの男性だ。

寺元が発言を許すと、青年は耳を澄まさないと聞き取れないような声で、おずおずと尋ねた。

「でも、今回、殺されたのは高瀬さんの奥さんです。復讐を企てた人間が被害者だなんて、おかしくないですか。それとも、奥さんがナイフを持ち出して揉み合いになり被告人が誤って刺してしまった、ということですか。それなら、被告人の正当防衛が成り立つのではないでしょうか」

質問とも意見とも取れる口調で、青年は語る。佐方は青年をじっと見つめた。

「相手の命を奪うことだけが、復讐ではありません」

青年が怪訝《けげん》そうな顔をする。佐方は逆に質問をした。

「本件の凶器はナイフです。ホテルで使用されているディナーナイフ。ここに、あなたは何か疑問を感じませんか」

青年は、ますますわからない、というようにうろたえる。佐方は視線を、法廷に戻した。

「私はこの凶器に、疑問を抱きました。考えてください。もし自分が女性で相手を殺そうとした場合、刃物を使いますか。男と女では力の差があるのは歴然です。刃物を向けても、力ずくで奪われてしまう可能性が高い。運よく傷を負わせることが出来ても、致命傷を負わせるのは難しいでしょう。私だったら、そんな可能性の低い方法は選ばない。もっと確実に殺せる方法を考えます」

「例えば、何ですか」

青年がまた質問する。気弱そうに見えて、案外、腹が据わっているのかもしれない。あるいは、単に好奇心が強いだけか。

佐方は自信ありげに、青年を見やった。

「夫は医師です。私なら薬を使いますね」

青年は言葉に詰まったような顔をした。

「ワインに一滴落とすだけで、相手を死に至らしめる薬はあります。医師なら、さほど苦労せずに手に入れられるでしょう。では、なぜ被害者は確実に殺せる薬を用いなかったのか。それは被害者には、最初から被告人を殺すつもりなどなかったからです。被害者の本当の目的は、被告人をホテルに呼び出し、同じ部屋にいたという痕跡《こんせき》を残すこと。現場に一緒にいたという事実だけがほしかったのです」

「どうして、そんなことを」

青年の隣にいる女性裁判員がつぶやく。本人は質問ではなく、思わず漏らしたつぶやきだったのかもしれない。だが、佐方は敢《あ》えてその言葉を引き継いだ。

「では、なぜそのようなことをしたのか」

佐方はわずかな沈黙のあと、静かに言った。

「自分を殺し、その犯人に被告人を仕立て上げようとしたからです」

法廷内に驚きの声があがる。佐方は顔をあげて、毅然《きぜん》として言った。

「被告人は被害者を殺してはいない。被害者は、自ら命を絶ったのです」

それまで黙って傍聴していた右陪席の村田裁判官が、動揺した口調で佐方に尋ねた。

「被害者自らが自分の心臓をナイフで刺した、ということですか」

「そうです」

佐方が答える。しかし、と寺元が横から口を挟んだ。

「傷口は明らかに他者からつけられたものだという鑑定が出ています」

佐方は寺元を見た。

「繰り返しますが、彼女の夫は医師です。どの角度でどう突けば他者から受けた傷に見えるかわかっています」

「指紋や返り血の件はどう見るのですか」

再び村田が問う。

「昨日行われた、鑑定医の証人尋問を思い出していただきたい」

佐方の言葉に、真生ははっとした。指紋がついていた順番、バスローブについた血液痕《こん》の状態、被害者の腕についていた防御創を思い返す。

佐方は西脇鑑定医の証言を再現した。

「バスローブに付着していた血液痕は斑紋《はんもん》状。指紋が付着していた順番は、一番下がホテル関係者の指紋、その上に被告人のもの、一番上が被害者のものでした。そして、被害者の左腕には防御創と見られる傷がある。通常、返り血というものは飛沫《ひまつ》状態で残るものです。しかも、被害者は心臓をナイフで刺されて死んでいる。もし、被告人がバスローブを着た状態で被害者の心臓を刺したのならば、血液痕は斑紋状ではなく、飛沫状で残っているはずです。では、なぜ斑紋状なのか。それは被害者が、自分で左腕につけた偽の防御創の血液を、被告人の体液が残るバスローブに付着させたからです」

佐方の声が強さを増していく。

「証拠品として提出されたバスローブの写真を見ると、血液痕が広範囲に及んでいます。おそらく被害者は、血飛沫《ちしぶき》のように見せるため、傷つけた腕を振り回したのでしょう。しかし、動脈や臓器を損傷したときの飛び散るような出血と、皮膚の表面を傷つけただけの流れるような出血では痕跡が違います。よく調べればわかることです」

佐方が言った、よく調べればわかること、という言葉が、真生の胸に突き刺さる。

左陪席にいる長岡が、質問を変える。

「被告人と被害者が親密な関係にあったという証言があります。それはどのように考えますか」

佐方は長岡を見た。

「たしかにそのような証言はあります。しかし、その証言はすべて証人が被害者から聞いた話によるものです。陶芸教室の受講生の証言も、被害者の近所に住んでいる人間の証言も、被害者の口から語られたものばかりで、被告人側の人間からはそのような事実は出ていません」

「ふたりが親しげに、酒を飲んでいる姿も目撃されています」

長岡は引かない。長岡を見る佐方の視線に力がこもる。

「たしかにそのような目撃証言はあります。しかし、それだけで、ふたりに肉体関係があったとは言い切れません。陶芸教室での様子もそうです。親しげに見えたからといって、それが男女関係に直結するものではありません。事実、被告人は被害者と男女関係にあったことを否認しています」

長岡はそれ以上、何も言わなかった。

佐方は法壇の前をゆっくりと歩く。

「本件の現場となった、グランビスタホテルの廊下に設置されている防犯カメラの映像により、事件があった昨年十二月十九日、殺害推定時刻である二十時から二十二時の間、事件現場となった一二〇七号室に出入りした人物はふたりしかいないことは立証されています。本件の被害者である高瀬美津子さんと、被告人です。だが、被告人は美津子さんを殺害してはいない。では、犯人は誰か。簡単です。ふたりのうち、残ったもうひとりが被害者を殺した犯人です」

佐方は足を止めた。

「犯人は美津子さん自身です」

法廷内が静まり返る。口を開く者は誰もいない。

沈黙を破ったのは寺元だった。では、と前置きをして、本件についての佐方の推論をまとめた。

「被害者の夫、高瀬光治さんは、息子の命を奪った相手に復讐するために妻の自殺幇助《ほうじょ》をした、ということですか」

佐方は言葉を選びながら慎重に答えた。

「そうとも言えるし、そうではない、とも言えます」

「どういう意味ですか」

寺元は意外そうに、目を見開いた。

佐方は自分の席に戻ると、ある書類を手に法壇の前に立った。

「これは、美津子さんのカルテのコピーです。美津子さんが生前、受診した病院に残されていました」

カルテに視線が集中する。

「美津子さんは、あと半年の命でした」

法廷がざわめく。佐方は手元でカルテのコピーを、ぱらぱらと開いた。

「本件の動機はひとり息子を失った恨みです。息子を亡くした両親は、加害者へ復讐するために、相手を罠《わな》にはめた。そこまでは突きとめました。しかし、腑《ふ》に落ちない点がありました。なぜ、恨みが一番強いはずの事故当初ではなく、何年も経った今なのだろうか、ということです」

佐方はカルテから視線をあげた。

「私は近所の住人や被害者の友人などを訪ねて、今回の事件が起きる前、高瀬夫婦に何か変わったことはなかったか聞き込みをしました。すると、近所の住人から、被害者が体調を崩して大学病院に通っていた、という話が聞こえてきたのです。私は被害者が通っていた大学病院を訪れ、被害者の主治医だった人間へ面会を申し込みました。被害者の主治医は、村瀬洋二《ようじ》さん。被害者の夫、高瀬光治さんと医学部で同期だった医師です」

記憶を辿《たど》るように、佐方はゆっくりと言葉を続ける。

「案内された応接室で、私は会いに来た理由を説明しました。そして、被害者はどこが悪かったのか尋ねました。しかし、村瀬さんは言わない。個人情報に関わるからと、口を閉ざす。医師が患者のプライバシーを話せないことはわかります。だが病名はもとより、当時の美津子さんの様子すら言おうとしない。あまりに口が固すぎる。そのことから、美津子さんの病は、軽々しく口に出来るものではなかったのだろう、と推察しました。美津子さんの病気は重いものだった。おそらくそう長くない命だったのではないですか、と言うと村瀬さんは、辛《つら》そうに目を閉じました」

佐方は少し間をおき、再び話しはじめた。

「私は、被害者の病状は今回の裁判で重要な証拠になるかもしれない。どうしても必要な情報だ。教えてほしい、と詰め寄りました。村瀬さんはやっと話してくれました。被害者の病名は胸腺癌《きょうせんがん》。見つけたときにはすでに腎臓《じんぞう》に転移が認められ、手術は不可能でした。診察した時点で、余命一年だったそうです。村瀬さんは、私が無理にでも治療を受けさせていたら、奥さんをひとりで逝かせることにはならなかったんじゃないか、とずっと考えている、と言ってうなだれました。村瀬さんが頑《かたく》なに口を閉ざしていたのは、患者のプライバシーの問題だけではなく、美津子さんの病を知りながら何も出来なかった自分を責めていたからです。美津子さんのことを、口にするのも辛かったのです」

佐方はカルテのコピーを、音をたてて閉じた。聞き入っていた真生は、その音で我に返った。

「ここからは私の推測です。自分の余命を知った被害者は、このままでは死んでも死に切れない、息子を殺した罪を償わせよう、今こそ復讐《ふくしゅう》を果たすときだ、と夫に島津被告人の復讐を持ちかけた。それは文字通り、命をかけたものでした」

佐方は法壇に背を向けて、傍聴席を見た。

「美津子さんは息子を殺した相手に正当な罪、殺人の罪を償わせようと考えた。そして、夫も承知した。計画は用意周到に立てられ実行された」

佐方は傍聴席に向かって歩き始めた。

「本件の依頼を受けたあと、私は被告人に、今回の事件より以前に被害者と関わりはなかったか尋ねました。被告人は、ない、と答えました。当然です。ある、と言えば七年前の事故のことを話すことになる。自分の罪が明るみに出る。この計画は、被告人が誰にも本当のことを言えないとわかったうえで、用意周到に立てられた計画だったのです。そして計画は、昨年の十二月十九日に実行された」

佐方は、傍聴席に座るある人物の前で足を止めた。

「先ほど私は、ここからは私の推測です、と言いました。しかし、本当は推測だなどと思っていません。私が話したことは、本件の真相だと思っています」

佐方は目の前の椅子に座る人物を、まっすぐに見つめた。

「違いますか、高瀬さん」

名前を呼ばれた光治は、目の前に立つ男を下から見上げた。顔が蒼《あお》ざめている。抱えている遺影がかすかに震えている。つい先ほどまで島津に向けていた憎しみの目が、今は佐方に向けられていた。

佐方は光治に向かって、静かに言った。

「今回の事件の重要参考人として、高瀬光治氏に証言台に立っていただきたい」

18

一旦《いったん》、裁判は休廷し、光治が証言台に立つ必要があるか否かの協議に入った。

裁判が再開したのは三十分後のことだった。検察側と弁護側を交えた協議の結果、光治は証言台に立つことに決まった。光治の証言は本件に重要なものであり、その証言なしに本件を裁くのは困難であると、裁判官が判断したからである。

「これより、証人尋問を行います。証人は前へ」

寺元の声で法廷が再開する。

光治は椅子から腰をあげると、証言台に向かった。光治が証言台に立つと、佐方は弁護席を離れ光治の側に立った。

「氏名、高瀬光治さん、本件で死亡した高瀬美津子さんの夫で間違いないですね」

佐方が問う。光治は何も言わないことで、間違いのない旨を伝えた。黙認を確かめると、佐方は手をうしろで組み、床に目を落とした。

「私は先ほど、今回の事件の私見をこの場で語りました。今度はあなたの口から、事件の真相を聞かせていただきたい。本件は、七年前に事故で喪《うしな》った息子の復讐を果たすために、あなたの妻である美津子さんが立てた計画だった。間違いないですか」

佐方は光治を見た。光治はその視線を避け、目の端で自分が座っていた席を見た。椅子の上に美津子がいた。黒枠の写真立ての中で、口元に優しい笑みを浮かべながら夫を静かに見守っている。

佐方が重ねて問う。

「高瀬さん、答えてください。美津子さんがあなたに島津被告人への復讐計画を持ちかけたのですね」

光治は視線を元に戻すと、瞼《まぶた》を閉じた。

耳の奥で美津子の声がする。七回忌の翌日、島津にバーで会った夜に聞いた言葉だ。

――私、自分を殺します。

自分の余命と卓の無実を知った美津子は、そう言いきった。その日から闘いがはじまった。それは、島津との闘いであると同時に、光治自身との闘いでもあった。卓の無念を晴らしたい、しかし、それは美津子を見殺しにすることになるのではないのか、という迷いが常にあった。

美津子が自分の胸を突く練習をしている姿を見るのは、ことさら辛かった。美津子が自分の胸にナイフを当てるたびに、心が激しく痛んだ。見ていられずにリビングから立ち去ろうとすると、しっかり見て確実に心臓を貫けるか教えてほしい、と強く訴えた。まるで拷問だった。

ふたりで幾度も話し合った。本当にこの計画を実行すべきなのか考えた。美津子の思いは一貫していた。私の最期の望みを叶《かな》えてください、それが美津子の願いだった。

仕事上、今まで数多くの死に立ち会ってきた。癌患者の最期も、何人も看取っている。多くの患者が身体に放射線を浴び、血管がぼろぼろになるまで点滴をされ、胃潰瘍《いかいよう》が出来るほど薬漬けにされる。骨の数が数えられるほど痩《や》せ細り、排尿排便もベッドの上でしか出来なくなる。

生きながらにして死人のようになりながら迎えのときを待つ。そんな死に方が美津子にとって幸福なのか、と何度も自分に問うた。しかし、自分にはわかっていた。いま、美津子をベッドに縛り付けることは美津子の心を殺すことだ、と。身体は生きながらえても、病院に入った時点で美津子の心は死ぬ。

島津への復讐を心に決めた美津子にとって、生きるということは呼吸をしている時間の長さではなかった。どう死ぬかということが、美津子にとっては生きるということだった。美津子の気持ちは十分にわかっていた。自分が美津子だったら、同じようにしたとも思う。それでも、自分は美津子がいなくなるのが嫌だった。美津子は死ぬ。半年後か一年後かはわからないが、美津子はいなくなる。それが少しでも後であってほしかった。一分一秒でも長く美津子とともにいたかった。身体の死と心の死。ふたつの死の狭間《はざま》で苦しんだ。

だが、ふたりで行った最後の旅で迷いは消えた。宿の布団に横たわり、私、幸せよ、とつぶやいた美津子の笑顔は、今でも脳裏に焼きついている。自分が知っている中で、一番幸せそうな笑みだった。その顔を見て思った。私は美津子を見殺しにするのではない。救うのだ。美津子を救えるのは私しかいないのだ、と。

計画を実行する日、冬の空は抜けるように青かった。

美津子はいつもどおりに起きてきて朝食を作り、家事をした。その日の掃除は念入りだった。今まで過ごしてきた時間を嚙《か》み締めるかのように、家具のひとつひとつを丁寧に磨いていく。

夕方になると、美津子は自室へ入っていった。次にリビングへ現れたときは、すべて身支度を整えていた。玄関に用意していた靴を履くと、美津子はあたりを眺めた。そのとき、美津子の胸に去来していたものは何だったのか。薄暗い家の中を見つめる瞳《ひとみ》は、驚くほど穏やかだった。

しばらく佇《たたず》んでいた美津子は、小さく息を吐くとこちらを振り向いてうなずいた。心の準備は出来た、もう思い残すことはない、と言っているようだった。うなずき返し、玄関の扉を開けた。美津子が足を踏み出す。庭の敷石を歩いていく美津子の背中を見て、卓を思った。卓に、美津子がこの世を去るとき側にいてほしい。お前のために命を賭《と》して復讐を果たす母親を、天国の門まで迎えに来てほしい、そう心で強く祈った。

美津子が振り返った。自分を待っている。滲《にじ》んでくる目を手の甲で擦《こす》り、玄関に鍵《かぎ》をかけた。

光治はゆっくりと目を開けた。そして、佐方を見た。佐方は光治を見つめていた。

佐方が、証言台に立ってほしい、と言ったときの目を見たとき、この男はすべてを見抜いている、と光治にはわかった。自分がどのような返答をしても、佐方は必ず真実を立証する。佐方の推論を否認しても無駄だ、と悟った。

この場で佐方の言葉にうなずけば、すべてが終わる。しかし、光治の答えは決まっていた。

光治は再び目を閉じた。

胸の中はとても静かだった。あれほどの葛藤《かっとう》や苦しみが嘘のようだ。証言台に立ついま、計画を実行してよかったのだろうか、という迷いもなければ、本当は美津子を止めるべきだったのではないか、という後悔もない。むしろ、私たちがしたことは過ちではなく正義なのだ、という誇りさえ感じる。

閉じた瞼の裏に白いものが見えた。桜だった。美津子と最後に行った宿の庭に植えられていたものだ。

闇の中で桜の花びらが舞っている。ひらひらと落ちる花びらは次第に増え、いつしか闇のすべてを覆うほどになっていた。

花びらの中に美津子がいた。光が当たっているように、そこだけ浮き上がって見える。隣に卓もいる。ふたりとも笑っている。

美津子の口が動いた。同時に、頭の中で美津子の声がした。

——私たちは同志よ。

懐かしい声に、目が熱くなる。

美津子に、心で答える。

——そう、俺たちは同志だ。かけがえのない、唯一無二の同志だ。俺はお前を裏切らない。何があっても。

「答えてください、高瀬さん」

佐方の声がしたと同時に、照明が落ちるように桜が消えた。

光治はゆっくりと瞼を開けた。法壇に罪を裁こうとしている九人の目があった。

「高瀬さん」

名前を呼ぶことで、佐方が答えを促す。

光治はいま一度、佐方を見た。そして、真実を見抜いている男に毅然《きぜん》として答えた。

「まったく、身に覚えがありません」

誰もいないかのように、法廷は静まり返っていた。

19

十五分の休憩の後、弁護人側の最終弁論が行われた。

佐方は椅子から立ち上がり、法廷内を見渡した。光治は妻の遺影を胸に抱え、傍聴人の席に座っている。空っぽのようでいて何かに満たされているような、穏やかな表情をしている。

予想しなかった展開に、誰もが戸惑っていた。法壇に座る九人は困惑の表情を浮かべ、傍聴席の人間は、裁判の行方を昂奮《こうふん》気味に眺めている。

その中で、佐方を食い入るような目つきで睨《にら》んでいる人間がいた。ひとりは島津、もうひとりは真生だった。

真生は混乱しているようだった。視線が落ち着かず、心なしか顔色が悪い。勝利を目の前にしながら、予期せぬ伏兵に首根っこを押さえられたような表情をしている。島津も同様らしく、気分が悪そうにハンカチを口に当てている。自分を守るべき人間が自分の過去の罪を法廷で暴露し、敵に回ったような心境だろう。

佐方は前を見据えると、最終弁論をはじめた。

「検察の最終論告によると、十二月十九日、被告人は被害者と密会すべく、本件の現場となったグランビスタホテル、一二〇七号室に赴きました。そこで被害者は被告人に、妻と別れて自分と一緒にならなければすべてをばらす、と詰め寄り、被告人が首を縦に振らないとわかると、摑《つか》みかかって喚《わめ》きたてた。被告人は世間にふたりの関係がばれることを恐れ、衝動的に側にあったディナーナイフで被害者の胸を刺し、その後、混乱したままタクシーで帰宅した、となっています。然《しか》るに検察の主張する本件公訴事実は、検察官の描いたシナリオにほかならず、存在しないものであります」

真生は悔しさを含んだ目で、佐方を見た。

佐方は手元の書類を開いた。

「先ほどの証人尋問でも述べたように、殺害現場に残されていた物的証拠、状況証拠ともに、現場に被告人がいたという証拠にはなりえますが、同じ部屋にいたというだけで、被告人が被害者を殺害した証拠にはなりません」

佐方は書類を手早く捲《めく》る。

「検察側が主張している本件の動機についても同じことが言えます。被告人と被害者が男女関係にあったという証言は、すべて被害者の口から伝わった情報であり、被害者以外の人間からは、ふたりが親密な関係にあったとする明確な証言は得られていません。以上のことから、検察官が示した本件の動機となる部分は、被害者が意図的に二人の関係を外部に思い込ませた可能性が高いものであると言えます。

また、事件直後の被告人の行動も疑問が残ります。被告人は、事件当日の十二月十九日、二十一時半過ぎに、現場のグランビスタホテルからタクシーを使って帰宅しています。被告人が犯人であるとしたら、偽名を使い自分の素性を隠していたとしても、犯行後、わざわざロビーを通りタクシーを使用するという、顔を見られる行動はとらないはずです。誰にも目撃されないように現場を立ち去るのが自然です。いくら犯行直後で混乱状態にあったとしても、検察側が主張する被告人の行動理由は、納得しがたいものです」

佐方は言葉を区切り、真生に視線を向けた。

「以上のような疑問点に対して検察側は、合理性のある主張を一切行っていません。そして、検察側が主張する論告を裏付ける証拠もない」

法廷内の目が、いっせいに真生に向けられた。真生は努めて平静を装っているようだった。しかし、動揺しているのは誰の目にも明らかだった。額にうっすらと汗を掻《か》き、厳しい表情をしている。

佐方は席を離れると、証言台の前に立った。首を巡らせて自分の依頼人を見やる。依頼人と弁護士が対峙《たいじ》する形になる。佐方は島津を真っ向から見据えた。

「被告人は名誉欲が強く、対外的な目を気にする性格です。自分の社会的立場を失うことを何よりも恐れている。そのような人間が知り合って間もない女のために殺人を犯すとは考えられません。先ほど述べた、現場に残されていたバスローブや指紋などの状況証拠に関しても、被告人が犯人であると断定は出来ません」

佐方は島津から視線を外し、法壇の中央に座している寺元を見た。

「以上の諸点を勘案すると、本件公訴事実に関する検察の主張は証拠に基づかず、かつ、論理的にも矛盾したものであり、検察官が独自に作り上げたシナリオにしたがった独断でしかないことを示しています。被告人が犯人であるとする検察の論理は、破綻《はたん》していると言わざるを得ません」

佐方は再び、被告人席にいる島津を見やった。

「先ほど申し上げたとおり、この事件は七年前に起きた死亡事故が発端になっています。その事故が正当に裁かれ、被告人が罪を償っていたならば、今回の事件は起きなかったでしょう」

佐方は法廷内すべての人間に向けて、声を張り上げた。

「この事件は、被告人の身勝手な保身と人間性の欠落、そして、ひとり息子を奪われた親の悲しみと遣《や》り場のない怒りが生み出した悲劇的な事件です。本件は、子供を無情に奪われた両親の、すべてをかけた復讐《ふくしゅう》劇だったのです」

法廷内は静まり返っていた。誰一人、動く者はいない。法廷にいるすべての人間が、公判初日には予想もしていなかった最終弁論に聞き入っていた。

佐方は開いていた書類を閉じ、寺元に向き直った。

「以上のことから、弁護側は被告人の無罪を主張します」

佐方がゆっくりと自席に戻る。

寺元はしばらく黙って俯《うつむ》いていたが、おもむろに顔をあげた。

「これから評議に入ります。一時休廷し、その後、判決を言い渡します」

判決

所内に裁判が再開されるアナウンスが流れる。

佐方は壁の時計を見た。四時半。休廷から四時間が過ぎている。

控え室を出る。小坂も後に続く。

廊下は騒がしかった。再開を待ちくたびれていた記者や傍聴人たちが、法廷に向かって駆け出していた。

小坂は評議が終わるまでの間、控え室で、ぜったい先生の勝ちですよ、と昂奮《こうふん》気味に話していた。佐方はソファに身を預けながら、小坂の言葉をずっと遠くで聞いていた。

頭の中は、光治のことでいっぱいだった。

光治を救いたかった。ひとり息子を奪われ、不条理な人生を強いられた夫婦を助けたかった。妻が島津に殺人の罪を着せようとした事実は、変えられない。しかし、夫の罪はいくらかでも軽く出来る。自白という形で。

そう考えて、光治に自白を求めた。

しかし、光治は告白しなかった。妻の意志を最後まで貫きとおす覚悟なのだ。ふたりの絆《きずな》が強ければ強いほど、やりきれなかった。

全員が席に着くと、寺元裁判長を先頭に二人の裁判官と六人の裁判員が入廷した。席に着いた九人は、みな、一様に疲れきった顔をしている。その表情から、評議が相当揉《も》めたことは容易に想像できた。

続いて真生が入ってきた。周りも見ずに検察側の席に座ると、机の上で手を組んだ。目を閉じて俯く。固く握られた拳《こぶし》から、真生の中でさまざまな感情が渦巻いていることが窺《うかが》える。

最後に島津が入廷した。警官につきそわれ、被告人席に腰をおろす。島津は肩を落としてうなだれた。開廷したときはきれいに整っていた髪は乱れ、目の回りは落ち窪《くぼ》んでいる。今日いち日で、いくつも年を取ったように見える。しかし、席に着く前に佐方に向けた目には、強い怒りや憎悪が滲《にじ》んでいた。

傍聴席に光治がいた。休憩に入る前と同じ席に座っている。光治の顔は、二日前の公判初日とまったく変わりはなかった。無表情のまま、妻の遺影を抱えてじっと座っている。

寺元は軽く咳払《せきばら》いをした。

「法廷を再開します。被告人は前へ」

島津は腰をあげようとした。しかし、足がふらつき立ち上がれない。両側にいた警官が腕を支えて、ようやく証言台の前に立った。

寺元は椅子の上で姿勢を正した。

「被告人は名前を言ってください」

「島津、邦明です」

抑揚のない声で答える。

寺元は手元の書類を開いた。

「判決を言い渡します。主文」

法廷内に緊張が走る。

「被告人は無罪」

法廷がどよめく。報道陣はいっせいに立ち上がると外へ飛び出した。廊下から、社に電話をかける声がする。

島津は震えていた。安堵《あんど》の震えか、それとも、込みあげてくる笑いを必死に押し殺しているのか。

判決が言い渡された瞬間、無表情に座っていたのは佐方と真生、そして、光治だけだった。佐方は姿勢を正して前を見据え、真生は目を閉じたまま、俯いている。光治は遺影を抱いたまま、うつろな目で空を見つめていた。

寺元は静かに判決文を読みあげる。

「周辺住民や被害者が通っていた陶芸教室の生徒から、被告人と被害者は男女関係にあり、被害者はふたりの関係に悩みを抱いていたとの証言があるが、その証言には信憑性《しんぴょうせい》がない、という弁護側の主張には説得力がある。検察側の物的証拠も、現場に被告人がいたという証拠にはなりうるが、被害者に手をかけたまでの証拠には至らず、被告人が被害者を殺害したとは判断しかねる」

　寺元の声が法廷に淡々と響く。

「現場を立ち去ったあとの被告人の行動も、理解に苦しむところである。人を殺《あや》めたあとにタクシーに乗って帰路につくという人目につく行動は、犯罪心理的に考えて疑問を抱くものであり、犯行後の混乱状態にあったとしても、理解しかねる行動である。何より」

　手元の書類を捲《めく》る。

「丸山氏の証言は、本事件を裁くうえで無視できない重要な証言であり、七年前に起きた事故が本件の発端になっている可能性はきわめて高く、弁護側の陳述も信憑性がある。すべての疑問の真実が判明しなければ、本事件は解決できないものである」

　寺元は手元の書類を閉じ、傍聴席の隅にいる丸山を見た。

「先ほど、丸山さんの証言の中で、罪の連鎖、という言葉がありましたが、罪を裁くときに大切なのは、いま、目の前で議論している事件だけではなく、この事件が起こった背景を探っていくことだと思います。なぜその罪が生まれたのか、なぜその人間は罪を犯さざるを得なかったのかまで掘り下げなければ、本当の意味で罪を裁くことにはなりません」

　次に寺元は真生を見た。真生はじっとしたまま動かない。しかし、寺元の視線を感じたのか、ゆっくり顔をあげた。

「行動の裏には、必ず理由があります。水面に出来た波紋だけを見るのではなく、水底まで潜り、波紋を起こした原因を探らなければ、真の裁きには辿《たど》りつけないと思うのです」

真生は頭を下げた。うなずいたのか、うなだれたのかわからない。

次に寺元は島津を見た。

島津は顔を紅潮させて、寺元の言葉を待っている。寺元は改めて姿勢を正すと、島津をまっすぐに見据えた。

「本事件において、被告人を犯人と決め付けるだけの証拠に欠け、被告を犯人と断じることは躊躇《ちゅうちょ》せざるを得ない。よって、被告人は無罪である」

法廷内がいっせいにざわめく。

島津の顔があからさまに綻《ほころ》んだ。勝者の顔だ。島津は検察席にいる真生を横目で見やった。真生も上目遣いに島津を見た。ふたりの視線が交差した。島津の目には愉悦と真生に対する侮蔑《ぶべつ》が、そして、真生の目には、悔しさと屈辱がありありと浮かんでいた。

ざわめく法廷内に向かって、寺元は、最後にひと言、と声を張りあげた。

法廷内がふたたび静かになる。

寺元は冷ややかに島津を見下ろした。

「今の時点において、被告人は無罪ですが、これから本事件に深く関わっていると思われる七年前の事故の再調査がはじまると思われます」

寺元は静かだが重みのある声で判決を結んだ。

「この事件は、まだ終わっていません。新たな局面に移っただけです。被告人はそのことを、心に深く刻み忘れないように」

寺元は視線を、前方に移した。

「判決は以上です」

エピローグ

控え室に戻った小坂は、淹《い》れたてのコーヒーを、佐方に差し出した。

「おめでとうございます」

ソファの背もたれにぐったりと身を預けた佐方は、無言でカップを受け取った。

小坂はほっと息を吐いた。

「今回の裁判、凄《すご》かったです」

佐方の弁護は幾度も見てきたが、こんなに緊迫した裁判はなかった。

佐方はコーヒーをひと口すると、天井を仰いだ。

「今回、勝てたのは丸山さんのおかげだ。彼が来なかったら勝てなかった。丸山さんの中に残っていた警察官の、」

そこまで言うと佐方は間を置き、まあいい、とつぶやいた。

警察官の誇りに救われた、とでも言いたかったのだろうか。佐方はいつも、自分の胸にある思いをみなまで言わない。それを歯がゆく思うときもあるが、それが佐方らしいとも思う。

証言台に立つ丸山の顔が、小坂の頭に蘇《よみがえ》る。悔いと苦痛と詫《わ》びが入り混じったような表情をしていた。

丸山は裁判のあと、警官から任意同行を求められ、警察へ向かった。これから、七年前の犯人隠匿罪と、本事件の重要参考人として事情聴取が待っている。かつての同僚から尋問を受けるのだ。その辛《つら》さに丸山は耐えられるだろうか。

小坂の思いを察したのか、佐方は残りのコーヒーを飲み干すと、背もたれから勢いよく身を起こした。

「証言台に立った時点で、彼も覚悟は出来ている。全部、承知の上だ。それより、もっと蒼《あお》くなってる人間がいる」

小坂は、はっとして目を見開いた。

「丸山さんに事実を隠匿させた、元上司ですよね」

佐方は小坂の手に、空になったカップを渡した。

「てっとりばやく言えば職権濫用だ。当然、丸山さんにも罪はあるが、事実の捏造《ねつぞう》を強制した上司のほうが罪は重い。身内の不祥事を警察がどう裁くか、じっくり見せてもらう」

とにかく、と言って佐方はソファから立ち上がった。

「仕事は終わった。もうここに用はない」

佐方が出口へ向かう。小坂は使い終えたカップを片付けると、急いで荷物を持ち佐方の後に続いた。

部屋を出ると、廊下に人だかりが出来ていた。裁判を傍聴していたマスコミの人間たちだ。

輪の中央に島津がいた。明日の朝刊に載せる情報を求める記者や、夕方のニュースで裁判の模様を伝えようとするテレビ局の取材で揉《も》みくしゃになっている。島津は冷静を装おうとしているようだが、誰の目から見ても動揺しているのは明らかだった。身体を張って行く手を塞《ふさ》ぐ報道陣とぶつかるたびに、狼狽《ろうばい》と困惑が入り混じった表情が顔に現れる。

小坂の視界に、騒動を一歩退いたところで見ている女性が映った。廊下の隅で、拳《こぶし》を固く握り締めたまま、島津を冷たい目で睨《にら》みつけている。震える身体からは、怒声を押し込めているようにも、嗚咽《おえつ》をこらえているようにも見える。どちらにせよ、女性の苦しげな表情から、彼女の胸中には島津に対する憤怒《ふんぬ》と憎しみが渦巻いているのがわかった。

その女性を、隣で支えている青年がいた。青年の顔を見た瞬間、ふたりが誰なのかわかった。島津の妻と息子だ。青年は島津と似た目元と、隣の女性と同じ口元をしていた。島津はふたりに気づかず前を素通りすると、コメントを求める取材陣から逃れるように階下へ降りていった。報道陣が島津を追う。普段は静かな地方で起きた劇的なスクープを逃すまいと、みな必死だ。

今日の判決で、島津は無罪になった。これから七年前の事故が再び洗い直されることになるが、どこまで真実に迫れるかはわからない。しかし、今の島津を取り囲む光景を見ていれば、彼が社会的制裁を受けることは明白だ。社会的立場からの失脚はもちろんのこと、家庭という居場所も失うだろう。今回、彼は裁きを受けなかったが、死ぬまで消えない罪の刻印を受けた。

島津と人だかりが廊下からいなくなり、あたりが静かになった。

歩き出そうとしたとき、後ろからヒールの音がした。振り返ると廊下の奥に真生がいた。いつもの事務官もいる。

真生はふたりの前で立ち止まり、佐方に声をかけた。

「おめでとうございます」

感情のない声だ。

佐方は、どうも、とだけ答えた。

真生は、ひとつだけ、ひとつだけ、教えてください、と押し殺すような声で言った。

「ひとつだけ、教えてください。佐方さんは丸山さんが七年前の事故を隠匿したという証拠を、摑《つか》んでいたんですか」

佐方は真生をじっと見た。何も答えない。長い沈黙が続く。じれたのか、真生は先ほどより大きな声で尋ねた。

「教えてください、佐方さん」

見かねたのか、後ろにいた事務官が真生を止めた。

「庄司さん、もう行きましょう」

それでも真生は動こうとしない。佐方に詰め寄る。

「佐方さんは何度も丸山さんに、証言台に立ってほしい、とお願いしたと言いました。でも、もし、丸山さんが白を切りとおして七年前の事故を証言しなかったら、佐方さんはこの裁判に勝てなかった、そう思います」

俺もそう思う、と言って佐方は頭を掻《か》いた。

真生はさらに尋ねた。

「佐方さんはそのような不確定要素をもとに、いつも裁判をしているのですか。佐方さんは裁判を運にかけた。私は運に任せた弁護に負けた。納得できません」

佐方はまた困ったように頭を掻いた。

「裁判の目的は事件の真相を明らかにすることだ。裁判は検察官や弁護士のためにあるんじゃない。被告人と被害者のためにあるんだ。罪がまっとうに裁かれれば、それでいいだろう」

真生は黙った。佐方は足を踏み出した。

「法を犯すのは人間だ。検察官を続けるつもりなら、法よりも人間を見ろ」

真生は、はっとしたような顔をした。事務官も同じ表情をした。事務官がつぶやく。

「筒井部長と同じことを……」

それまで無表情だった真生の顔が大きく崩れた。悔しそうな、それでいて何かが腑《ふ》に落ちたようなそんな顔だ。ふたりは筒井という人物を知っているようだ。筒井というは誰なのだろう。佐方は知っているのだろうか。小坂は佐方の顔を見た。しかし、佐方はそ知らぬ顔だった。いつもと変わらない表情をしている。

「ニコチンが切れかかってる」

佐方が歩き出した。

廊下の角を曲がろうとしたとき、黒い影が目の前に現れた。光治だった。両側にふたりの警官が付き添っている。これから警察に向かうのだろう。

光治は佐方を見た。佐方も光治を見た。ふたりの視線が交差する。

光治の目には、何もなかった。すべての感情を失ってしまったかのような目をしている。無表情な顔からは、内面は読み取れなかった。

小坂は思った。今回の判決を、光治はどのように思っているのだろう。息子の仇《かたき》である島津を殺人犯に仕立て上げる計画は、佐方によって暴かれた。しかし、それによって、七年前の事故が明るみに出た。

今回の裁判の内容は、マスコミがすべて報道する。さすがの警察も、今回は身内をかばうような真似は出来ないだろう。そんなことをすれば、マスコミはおろか世論から袋《ふくろ》叩《だた》きに遭うのは目に見えている。自分の息子を殺した相手をまっとうに裁きたい。その望みが本当の意味で叶《かな》うときが来たのだ。

「さあ」

右側にいた警官が、足を止めた光治を先に促す。光治は佐方から視線を外して歩き出した。

「よく出来た計画だった」

横を通り過ぎるとき、佐方が低くつぶやいた。

光治の足が再び止まった。

佐方はそれ以上、何も言わなかった。それだけ言うと、歩き出した。光治も何も答えなかった。黙って歩き出す。警官も後に続く。

小坂は光治の背中を見つめた。逆光に浮かぶ光治の身体は、見た目より細く儚《はかな》げに見えた。

今回の事件で光治は間違いなく起訴になる。どのような理由であれ、ひとりの男を罪に陥れようとした事実は免れない。

光治を救いたい、と小坂は思った。罪を犯せば裁かれる。裁かれなければならないと思う。光治もそれは同じだ。どのような理由であれ、罪は罪として償わなければならない。しかし、まっとうに裁くということは、事件の裏側にある悲しみ、苦しみ、葛藤《かっとう》、すべてを把握していなければ出来ないことなのではないか。行動の裏に理由があるように、事件には動機がある。そこにある感情を理解していなければ、本当の意味で罪を裁くことにはならないのではないか。

警官に挟まれて小さくなっていく光治を見送る小坂は、あることに気づき、はっとした。

急いで光治に駆け寄る。

「高瀬さん」

小坂は呼び止めた。光治が振り返る。小坂は息を整えた。

「もし、弁護士を頼もうと思ったら」

光治は眉《まゆ》ひとつ動かさない。黙って小坂を見ている。小坂は言葉を続けた。

「もし、高瀬さんが弁護士を頼もうと思ったら、うちの先生を指名してください」

光治の顔色が変わる。何を言い出すのか、というような表情だ。光治にとって佐方は、計画を暴いた敵かもしれない。その敵に助けを求めろと言うのか、とでも言いたげだ。

でも、と小坂は思う。小坂は一歩前に出た。

「今回の事件を巡る一連の出来事を、一番よくわかっているのはうちの先生です。そして、高瀬さんと美津子さんの気持ちを一番理解しているのも、きっとうちの先生です。だから、丸山さんを証言台に立たせようと、あんなに必死だったんです」

光治の目がかすかに揺れた。一瞬だったが、確かに揺れた。

小坂はバッグから、事務所の名刺を取り出した。

「これを」

光治に差し出す。光治は手を出さない。黙って名刺に視線を落としている。小坂は光治の手に、名刺を握らせた。

「先生はいつも、罪はまっとうに裁かれるべきだ、と言っています。でもそれは、まっとうに救われるべきだ、ということでもあると思います。光治さんは、まっとうに救われるべきです。美津子さんも、もちろん卓くんも」

光治の瞳《ひとみ》の揺れが大きくなる。

小坂は声に力を込めた。

「高瀬さんを本当に弁護できるのは、すべてを知っているうちの先生しかいません」

光治の顔が崩れた。どこか痛むような泣きたいような、そんな表情だった。

美津子と光治は罪を犯したかもしれない。しかし、今回の事件の経緯を知り、ふたりに共感する人間がいると思う。

光治を包む光の中に、美津子と卓の姿が見えたような気がした。光治を間に挟むように、寄り添っている。眩《まぶ》しさに目を細める。

「小坂」

背後から佐方の声がした。

「そろそろ限界だ。煙草が吸いたい。行くぞ」

我に返る。

「いま行きます」

答えてから、もう一度、光治を振り返った。

話が終わるのを待っていたかのように、警官が光治の腕を取った。光治は逆らわない。導かれるまま歩き出す。立ち去るとき、光治の首がかすかに折れた。うなだれたようにも見えたし、頭を下げたようにも見えた。

再び、佐方が呼ぶ声がした。慌てて振り返ると、佐方が眉間《みけん》に皺《しわ》を寄せてこちらを睨《にら》みつけていた。本当に限界のようだ。

小坂は小走りに駆け出した。走りながら、光治からの依頼の電話が鳴る日がくることを、心の底から願った。

解説

今野　敏

大藪春彦賞《おおやぶはるひこ》の選考で、候補作の『検事の本懐』を読んだとき、まず感じたのは、「ああ、この作家は、私と似たタイプだな」ということだった。

だから、読んでいて心地よかった。たぶん、選考委員の中で一番感動したのではないかと思う。それは、共感のせいだろう。

作家にもいろいろなタイプがある。ひたすらリアリティーを追求するタイプ。世の中の問題点を暴き出そうとするタイプ。人の心の闇を描こうとするタイプ。

また、逆に人の善意を信じようとするタイプや、世の中に希望を見いだそうとするタイプもいる。

私自身の小説家としての役割は、読み終わった読者が少しでも元気になれるような作品を提供することだと思っている。おそらく、柚月裕子もそういう作家だと感じたのだ。

そして、その作品で、柚月は見事に大藪春彦賞を受賞する。二〇一三年のことだ。

それからの彼女の活躍はご存じのとおりだ。

『このミス大賞』を受賞してデビューして以来、さまざまな方面の作品に挑戦している。

そのチャレンジ精神にはおおいに感心する。東北の地検に所属する男たちの姿を描いた。と、思いきや、『パレートの誤算』では、ケースワーカーとして働く若い女性を描き、『蟻の菜園―アントガーデン―』では、婚活サイト連続殺人事件を追う女性週刊誌ライターを取り上げ、『あしたの君へ』では、見習い家裁調査官補を描いた。『ウツボカズラの甘い息』では、主婦と謎の女性がからむ巨額詐欺事件と殺人事件を扱った。

『検事の本懐』をはじめとするシリーズでは、東北の地検に所属する男たちの姿を描いた。

ここまでご覧になっておわかりのとおり、大藪賞受賞後、彼女は女性を主人公とした多くの作品を発表している。理由は私が知る由もない。

担当編集者のすすめがあったのかもしれないし、周囲の声があったのかもしれない。女流作家はやはり女性を主人公として書くべきだという何者かの思いが、彼女に働きかけたのではないかと思っている。

本人がそう考えたのかもしれない。だがもし、誰かがそれを柚月にすすめたのだとしたら、余計なお世話だ。

彼女は、男性を、しかも中年男性を書いたほうがずっと活き活きとしているのだ。

その証拠に、その後、開き直ったように男性を主人公として書き始めてから、彼女の快進撃が始まった。

昭和の広島《ひろしま》を舞台に、マル暴を描いた『孤狼の血』で柚月はさらに注目を集めるようになるのだ。この作品は、二〇一六年に日本推理作家協会賞を受賞した。

た。


『慈雨』では、お遍路をする退職警察官の過去への思いを切々と描き、

『盤上の向日葵《ひまわり》』では、将棋の世界を舞台に、父と息子の確執、勝負師たちの生き様を描ききった。

そう。柚月の描く男たちは、誇り高く、誠実で、潔く、実に魅力的なのだ。

女性作家である柚月が描く男性は多分にファンタジーだろう。だが、小説とは、多かれ少なかれファンタジーなのだ。現実の男がどうか、というより作家の眼に映った男がどういうものであるかを鑑賞すべきだと思う。

私は、リアリティーを云々《うんぬん》するよりも、柚月の想像力と、彼女の眼に映り、心に描く男性たちの魅力を評価したいと思う。

リアリティーを追求するあまり、理想を見失ってはいけないのだ。

ハッピーエンドの小説を評して「世の中そんなに甘くない」という声を聞くことがある。現実の厳しさを書くことも大切だが、「世の中はどうあるべきか」という理想を読者に提示することも、同じくらい大切なのだと、私は思っている。

そして、柚月裕子は間違いなくそれができる作家だ。

ちなみに、先ほど挙げた『あしたの君へ』は、私がとても好きな作品集で、特に「背負う者」は感涙ものだ。窃盗で捕まった少女の動機が泣かせる。

私は常日頃、柚月裕子は動機を書く作家だと言っている。

ミステリ作家もいろいろだ。トリックに力を入れる者、探偵の謎解きに精力を傾ける

者、理論を最優先する者等々……。

　その中で柚月は動機に力を入れていると、私は感じる。犯人の動機に考えさせられることや、感動することが多いからだ。

　動機を書こうとすると、勢い社会のさまざまな問題を描くことになる。彼女が、作品ごとに綿密な取材をしているのがよくわかる。

　さて、本書『最後の証人』は、検事シリーズでお馴染《なじ》みの佐方貞人《さかたさだと》が主人公だ。発表されたのは二〇一〇年で、検事シリーズよりも早いのだが、物語の時系列的には、佐方が検事を辞めて弁護士になってからが描かれている。

　裁判ものは、最後の大逆転が魅力だが、この作品ではさらに、中盤以降まで被告人と被害者の名前を伏せるとか、過去の出来事を公判の進行の途中に挟み込んでいたりとか、いろいろな仕掛けが施されている。

　柚月裕子はいつも全力投球だ。この作品もそうだ。そして、それ故に進歩しつづけている。

　この『最後の証人』の時代から、彼女はすでに大きく進化を遂げていることも、最後に申し添えておこう。

本書は、二〇一一年六月に宝島社文庫より刊行されました。
この物語はフィクションです。実在の個人・団体とはいっさい関係ありません。

最後《さいご》の証人《しょうにん》

柚月裕子《ゆづきゆうこ》

平成30年 6月25日 初版発行
平成30年 10月30日 8版発行

発行者●郡司 聡

発行●株式会社KADOKAWA
〒102-8177 東京都千代田区富士見2-13-3
電話 0570-002-301(ナビダイヤル)

角川文庫 20994

印刷所●株式会社KADOKAWA
製本所●株式会社KADOKAWA

表紙画●和田三造

ISBN978-4-04-106658-4 C0193

◆◇◇

角川文庫発刊に際して

角川源義

第二次世界大戦の敗北は、軍事力の敗北であった以上に、私たちの若い文化力の敗退であった。私たちの文化が戦争に対して如何に無力であり、単なるあだ花に過ぎなかったかを、私たちは身を以て体験し痛感した。西洋近代文化の摂取にとって、明治以後八十年の歳月は決して短かすぎたとは言えない。にもかかわらず、近代文化の伝統を確立し、自由な批判と柔軟な良識に富む文化層として自らを形成することに私たちは失敗して来た。そしてこれは、各層への文化の普及滲透を任務とする出版人の責任でもあった。

一九四五年以来、私たちは再び振出しに戻り、第一歩から踏み出すことを余儀なくされた。これは大きな不幸ではあるが、反面、これまでの混沌・未熟・歪曲の中にあった我が国の文化に秩序と確たる基礎を齎らすためには絶好の機会でもある。角川書店は、このような祖国の文化的危機にあたり、微力をも顧みず再建の礎石たるべき抱負と決意とをもって出発したが、ここに創立以来の念願を果すべく角川文庫を発刊する。これまで刊行されたあらゆる全集叢書文庫類の長所と短所とを検討し、古今東西の不朽の典籍を、良心的編集のもとに、廉価に、そして書架にふさわしい美本として、多くのひとびとに提供しようとする。しかし私たちは徒らに百科全書的な知識のジレッタントを作ることを目的とせず、あくまで祖国の文化に秩序と再建への道を示し、この文庫を角川書店の栄ある事業として、今後永久に継続発展せしめ、学芸と教養との殿堂として大成せんことを期したい。多くの読書子の愛情ある忠言と支持とによって、この希望と抱負とを完遂せしめられんことを願う。

一九四九年五月三日

角川文庫ベストセラー

孤狼《ころう》の血　柚月裕子

広島県内の所轄署に配属された新人の日岡はマル暴刑事・大上とコンビを組み金融会社社員失踪事件を追う。やがて複雑に絡み合う陰謀が明らかになっていき……男たちの生き様を克明に描いた、圧巻の警察小説。

いつか、虹の向こうへ　伊岡　瞬

尾木遼平、46歳、元刑事。職も家族も失った彼に残されたのは、3人の居候との奇妙な同居生活だけだ。家出中の少女と出会ったことがきっかけで、殺人事件に巻き込まれ……第25回横溝正史ミステリ大賞受賞作。

145gの孤独　伊岡　瞬

プロ野球投手の倉沢は、試合中の死球事故が原因で現役を引退した。その後彼が始めた仕事「付き添い屋」には、奇妙な依頼客が次々と訪れて……情感豊かな筆致で綴り上げた、ハートウォーミング・ミステリ。

瑠璃の雫　伊岡　瞬

深い喪失感を抱える少女・美緒。謎めいた過去を持つ老人・丈太郎。世代を超えた二人は互いに何かを見いだそうとした……家族とは何か。赦しとは何か。感涙必至のミステリ巨編。

教室に雨は降らない　伊岡　瞬

森島巧は小学校で臨時教師として働き始めた23歳だ。音大を卒業するも、流されるように教員の道に進んでしまう。腰掛け気分で働いていたが、学校で起こる様々な問題に巻き込まれ……傑作青春ミステリ。

角川文庫ベストセラー

私の家では何も起こらない　恩田陸

小さな丘の上に建つ二階建ての古い家。家に刻印された人々の記憶が奏でる不穏な物語の数々。キッチンで殺し合った姉妹、少女の傍らで自殺した殺人鬼の美少年……そして驚愕のラスト！

犯罪者（上）（下）　太田愛

白昼の駅前広場で4人が殺害される通り魔事件が発生。犯人は逮捕されたが、ひとり助かった青年・修司は再び襲撃を受ける。修司は刑事の相馬、その友人・鑓水と3人で、暗殺者に追われながら事件の真相を追う。

逸脱　捜査一課・澤村慶司　堂場瞬一

10年前の連続殺人事件を模倣した、新たな殺人事件。県警を嘲笑うかのような犯人の予想外の一手。県警捜査一課の澤村は、上司と激しく対立し孤立を深める中、単身犯人像に迫っていくが……。

天国の罠　堂場瞬一

ジャーナリストの広瀬隆二は、代議士の今井から娘の香奈の行方を捜してほしいと依頼される。彼女の足跡を追ううちに明らかになる男たちの影と、隠された真実とは。警察小説の旗手が描く、社会派サスペンス！

歪　捜査一課・澤村慶司　堂場瞬一

長浦市で発生した2つの殺人事件。無関係かと思われた事件に意外な接点が見つかる。容疑者の男女は高校の同級生で、事件直後に故郷で密会していたのだ。県警捜査一課の澤村は、雪深き東北へ向かうが……。

角川文庫ベストセラー

漆黒の王子　初野晴

歓楽街の下にあるという暗渠。ある日、怪我をした〈わたし〉は〈王子〉に助けられ、その世界へと連れられたが……眠ったまま死に至る奇妙な連続殺人事件。ふたつの世界で謎が交錯する超本格ミステリ！

退出ゲーム　初野晴

廃部寸前の弱小吹奏楽部で、吹奏楽の甲子園「普門館」を目指す、幼なじみ同士のチカとハルタ。だが、さまざまな謎が持ち上がり……各界の絶賛を浴びた青春ミステリの決定版、〝ハルチカ〟シリーズ第1弾！

初恋ソムリエ　初野晴

ワインにソムリエがいるように、初恋にもソムリエがいる?! 初恋の定義、そして恋のメカニズムとは……お馴染みハルタとチカの迷推理が冴える、大人気青春ミステリ第2弾！

空想オルガン　初野晴

吹奏楽の〝甲子園〟——普門館を目指す穂村チカと上条ハルタ。弱小吹奏楽部で奮闘する彼らに、勝負の夏が訪れた!! 謎解きも盛りだくさんの、青春ミステリ決定版。ハルチカシリーズ第3弾！

千年ジュリエット　初野晴

文化祭の季節がやってきた！ 吹奏楽部の元気少女チカと、残念系美少年のハルタも準備に忙しい毎日。そんな中、変わった風貌の美女が高校に現れる。しかも、ハルタとチカの憧れの先生と親しげで……。

角川文庫ベストセラー

鳥人計画　東野圭吾

日本ジャンプ界期待のホープが殺された。ほどなく犯人は彼のコーチであることが判明。一体、彼がどうして？　一見単純に見えた殺人事件の背後に隠された、驚くべき「計画」とは!?

探偵倶楽部　東野圭吾

「我々は無駄なことはしない主義なのです」――冷静かつ迅速。そして捜査は完璧。セレブ御用達の調査機関〈探偵倶楽部〉が、不可解な難事件を鮮やかに解き明かす！　東野ミステリの隠れた傑作登場!!

殺人の門　東野圭吾

あいつを殺したい。奴のせいで、私の人生はいつも狂わされてきた。でも、私には殺すことができない。殺人者になるために、私には一体何が欠けているのだろうか。心の闇に潜む殺人願望を描く、衝撃の問題作！

さまよう刃　東野圭吾

長峰重樹の娘、絵摩の死体が荒川の下流で発見される。犯人を告げる一本の密告電話が長峰の元に入った。それを聞いた長峰は半信半疑のまま、娘の復讐に動き出す――。遺族の復讐と少年犯罪をテーマにした問題作。

使命と魂のリミット　東野圭吾

あの日なくしたものを取り戻すため、私は命を賭ける――。心臓外科医を目指す夕紀は、誰にも言えないある目的を胸に秘めていた。それを果たすべき日に、手術室を前代未聞の危機が襲う。大傑作長編サスペンス。